KB135373

복합상징시 정예시집 · 複合象徵詩 精銳詩集

영시零時의 키보드

김현순 저 · 金賢舜 著

한국학술정보

영시零時의 키보드

■ 시인의 말

나는 어디에 있는가

김현순

복합상징시라는 새로운 류파流派의 시를 만들면서 세상의 오해와 편견을 적잖게 받아왔다. 하지만 그게 무슨 대수겠는가.

육신에 부착해있는 영혼의 질서를 터득하면서 그 깨달음을 세상에 펼쳐 보이는 것이 즐거움 아닌가.

평행우주로 향하는 영혼의 정화작업, 그것이 곧 이 책이 담고 있는 의미일 것이다.

「나는 …뿐이니 너는 …것이나 하라~!」

우스개를 남기고 타계하신 시인친구의 말씀이 떠올라 삶의 순간마다 긁적거려볼 뿐이다.

－癸卯年 初冬 墨香庭園에서

차례

제1부

제2부

제3부

제5부

제6부

제7부

제8부

제 1 부

나이테에 시 받쳐 올리기

양자최면의 진실 뒤에 별 잘랑거리는 이유가 꿈밖에 꿈 있다는 실재를 현실에 펼쳐 보인다. 깨어나면 슬픔도 바다로 흘러드는데 속삭임에도 조약돌 굴리는 옛 노래 슴배어 있다.

달착지근한 목소리가 마법 걸린 시간을 버뮤다의 신비에 눌러 앉힌다. 문명의 나깨흙에서 빙하 가로지르는 화살 꽂힌 신음, 보석의 두려움 허공에 적어두고 있다.

깨어있는가. 점의 확장에 설레는 숲의 잔기침으로 거리의 신호등 깜박거린다. 가슴에 어둠 깃들고, 계곡에 눈 내릴 때 그리움 포식하며 아픔, 별 되어 슴벅거린다.

2023. 2. 21

남자라는 이유

청기와 그늘사이로 비가 내린다
안개의 행렬 그 끝자락에
대숲의 울림 따라 나서면
산길 머뭇거리던
바람의 신음,
어둠 웅크린 모습마저
속새풀 한으로 입 다물고 있다
하늘 내려앉는 사연,
삼복 기웃거리며
약조에 높낮이 지켜보고 있다

2023. 3. 6

한 오백년의 기슭

풀어져라 한다 흩어져라 한다
눈 내리고 번개 치고
계곡에 성에꽃 잘랑 거린다
앞서 거니 뒤서 거니

파도가 하얗게 바래진 것도
전생의 속삭임
기다림 연소 때문이다

산은 산이어서 산
물은 들이어서 물

아픔이 슬픔이 비우라 한다
산처럼 들처럼 놀다가라 한다

2023. 3. 8

쌀의 시학

틈 비집고 만져본다는 게
얼마나 대단한 것인가
갯물이 어둠 싣고 바다로 갈 때
바람은 꼬리에 불
붙는다는 걸 알고 있었다
기억이 한걸음
물러서며 소리친다
왜 이래…
낙엽이 저만치 다가서는데
둔덕 넘어서며
그림자는 유령의 입술 만진다
조락의 허겁 물젖어있다

2023. 3. 10

지역도 地域圖

미쳐본 적 있는가, 언제 그럴 것인가
그래서 어디로 가는가
어둠 업고 내를 건너 산 넘어도
바람에 신발 신기며
시간이 구름 몰고 하늘 누빈다

자정에 달하나 걸어놓으면
삭막한 기다림엔 난센스
대숲 속삭임이 햇살 깨어나게 한다
또 간다는 것인가

졸음의 길목에서
별들이
옷보~! 혼 부르는 소리

피아니스트 가녀린 손길 따라
노래가 또 바다의 선율 움켜잡는다

2023. 3. 10

20

하모니

눈꽃 까무러쳐 나비 되었다. 빛살도 갈대의 추억이 된다.

혓바닥에 수놓은 싸리꽃 시간으로 창가에 입 맞춘 전설, 돌 틈으로 빠져나가고 산자와 죽은 자의 죄목, 밤 가르는 헤드라이트 언어로 전생 비추어 보이며 명암의 분계선 부끄럽게 한다

계곡에 날아 내린 비천飛天의 능라, 놀빛에 비끼어있다.

2023. 3. 10

어둠에 우두커니 앉아

입술 베어 창가에 걸어두면 바람이 와서
만져보고 갈 것이다 가만히…
낮달의 역할은 상실된 지 오래다

휴지통에서 글자 부스러기들이
줄지어 꿈속 달릴 때
흑점의 이유가 생각 몇 줄 진맥해본다

발톱도 가려울 수 있었겠다
구름은 저 혼자 눈물 움켜잡고
향기가 무참히 부서져 내려도

상가의 재떨이는 알고 있었을 거다
고독에 아픔과 슬픔에
그렇게 섞어 마시면 무슨 일 생긴다는 걸…

2023. 3. 11

맞선

황금열쇠가 끼었을 거라는 생각조차
놀빛 매니큐어 쥐었다 놓는다
안개가 그랬다
카테고리가 목덜미로 흘러내릴 때

봄날의 따스함 알고 있듯이
해안선 길이에 전생 갖다대본다

하늘은 오렌지
쑥스러움 잔주르는 시간이 되고
손톱눈에 남은 부끄럼
연민의 하늘 놀빛에 싹틔우고 있다

그 속에서 천사의 작은 발 한쌍
별빛 딛고 발레 추는 햇살이 된다

2023. 3. 12

참선参禪

<여보게,
저승 갈 때 무얼 가지고 가지…>
석용산 스님의 말씀에서
바람이 숨 죽여 숙명 받아 적는다

-솔바람 한줌 집어 가지
-댓 그늘 한 자락 묻혀가지

빈 절 염불의 그림자가
시간 부축해 일으키면
햇살은 독경하는 선사가 되고

일조日照의 그늘 밑으로
흔적들 합장하며 걸어 나간다

반야바라밀…
노승의 손에 놀빛 꼬불거릴 때
어스름밤 지나면
새벽은 아침 앞세우고 영 넘어 온다

2023. 3. 12

마도로스의 고민

보초 서는 새벽의 임기
어둠 깨어나게 한다
낙엽은 아침부터 볼 붉어있다

이슬 끼어있다고
못 본체 할 수 있을까
그리움 녹슬어 가는데

고향은 어딜까
쑥꾹새 울음도
물살에 낙차 이룬다

피아니스트 가녀린 손가락
기다림 검측해간다

마법의 성새 보풀져있고
사내의 손바닥에
고향 한 조각 받들려 있다

2023. 3. 12

우산

장마의 존재위에 그는 있다
가을하늘에 입 맞추며
빗소리 슴새 나옴을 지켜보고 있다
기다림도 놀랐을 것이다

수다 떠는 새소리가 왜
깃 치는 모습 울어야 하는지
그 암회색 그늘 밑으로
사나이는 걸어가야 했고

퇴색한 손바닥에 낯 가리고
걷어 올린 종아리가
스멀스멀 둔덕에 오른다

음향 건너에 솜털의 시간
구멍 막는 소리마저 싹트고 있다

2023. 3. 13

나트륨의 자백

나자빠질 도리는 없겠는데 말이다
가슴 아픈 날은 황천에 팔 뻗치며
눈 내린 둔덕에 캡처되어있다
사랑이 왜 이슬 감싼
꽃잎이어야 하는지가 수상쩍다

미라보다리아래 세느강 흐를 때
아폴리네르는
몇 줄 시에 입술 비벼보았을 것이다
그것이 구름에 달 흐르게 하였을지도 모른다

숙녀들 엉덩이 계단 오를 때
매스컴 질리어 있다
흡반이 존재를 하찮게 하듯이
아침은 비틀거렸을 것이다

사막에 발톱 박은 물살로
아픔은 바다를 출렁이게 할지도 모를 일이다

2023. 3. 14

묵념전주곡

그늘 밑으로 개미들 걸어가는 모습 보셨을 겁니다
똘랑 떨어지는 눈물 한 방울이 사막 적셔주는
수드라의 공간임을 적어두기도 하겠지요.
그러나 구멍 난 피리소리에 숲 설레며
안개 지펴 올리는 이유는 바위섬 속주름을
연륜이라 부르는 까닭으로 꽃피워 갈 것입니다

아픔이 전율이라면
가녀린 허리는 시야를 어지럽게 합니다
먼지들 영혼에 입 맞추며 여로에 어둠 밟고 가실 겁니까
오페라의 두근거림으로 숙명에 고개 숙인 흐느낌 같이
그대는 파도의 심장으로 기다림 노크해줍니다

준비는 되신 겁니까
피안의 노래 곱게 기워 입덧하는 새벽 덮어드리겠습니다

2023. 3. 16

알갱이

햇순 돋아나는 가장자리에
발톱 박는 햇살의 집념
돌아눕는 지구는
순록에 향기 지펴 올린다

마리아나해구에 침전된 사막
태고의 문명 깨어나게 한다

아틀란티스의 놀빛마저
전설 쥐고 흔들면
숙명의 그림자 벗겨내며
미모의 천사가 걸어나온다

어둠 열리는 소리가 시방
바람의 지간막에 나풀
소망의 하늘 손 저어 부른다

2023. 3. 17

헷갈리는 누드의 창窓

아카시아나무에서 사막 벗겨 내릴 때
파도의 분말 점착되어 있음을 본다
생각이 닻줄 올리고 있다
성당의 종소리가
구멍 난 하늘 깁스해두고 있다
질서 전율시킨 햇살의 그림자가
숙명의 프로펠러 묵묵히 돌리고 있다

2023. 3. 17

숙명

짓궂은 날씨는 구름을 탓하고
하늘은 어둠 밟고 지난다
미소 짓는 복도를 지나
자가당착 꾀하는 시간너머에
고독은 모두가 거짓말이다

가슴 밖에는 순정 없느니
외길에 낙엽 진다면
바람의 성씨가 무엇인지
숙녀는 오로라 연륜을 안다

돌과 돌과 돌이 부딪쳐
이별 삼킨 갈림길
메아리 환승역에 매무새
빈 가슴 하루에 꽃으로 운다

2023. 3. 18

잊혀진 계절

퍼포먼스가 깃 펴고
기억 가려 덮는다
술래의 하루에
홀씨는 꿈 되어 흐르고
캐릭터 아픔에도
낙차의 하늘
추억에 삭아 내린다
가을단풍 곱게 펴서
별빛 메모리…
균열의 집념으로[
새벽안개
지펴준다 하느니…
텍스트의 하루마다
밤눈 부서져 내린다

2023. 3. 20

그대 그리고 나

홀씨 깨어나는 곳에
뛰쳐나온 별빛이
어둠 불살라버린다

먼지 낀 역주행
하늘에 놀빛 지펴 올리고
산 첩첩 물 잔잔,
바람의 기억을 연다

고독 받쳐 올린
계단의 종소리

지구라는 이름으로
이슬의 단면에
안개의 일기를 쓴다

억겁 전생 모아쥐고
공전의 묘미에
바람꽃 싹틔워간다

2023. 3. 20

무영탑

귀뚜리 도란대는 사립너머로
열매들의 절창,
햇살 머무르게 한다
산사의 풍경에 놀빛 나누며
씨앗 싹트는 곳에
어스름 다가서고 있다
실낙의 사연들
망사의 시간 깁스해두고 있다

2023. 3. 22

묵상에 입을 맞추라

어둠 너머에 빛이 있다고
기다림 한술 퍼 먹는다
고독의 틈 사이로
깃발 펄럭이다가 스러지고 만다

비천의 하늘에 놀빛
지구에 보석 한 알 박아
초조함마저
스나미의 시간 덧칠해간다

저 멀리 달빛 마중 나와 있다

2023. 3. 22

파도

기준치에 그라프 긋는다면
농도에 해프닝 하는
유머가 부리에 물리어있다
숙명의 릴레이
숲의 반역일수 있다
음색마다 먼지 낀 아픔
덧칠해 가는데
첫사랑 흡반이
아킬레스건의 망각
적어두고 있다
회한 접는 남루한 전생
등탑의 순결도純潔度…
어둠 길들여가듯
노래마저
멍든 세월 길들여갈 것이다

2023. 3. 22

닻의 독백을 보셨나요

바람의 자국소리 들을 수가 있겠지요
어둠 너머에 빛 잠들어있다 하여도
눈꽃의 향기는 얼어있을 겁니다
구름의 집은 어디일까요
햇살의 두근거림 걸어가듯이
이름 보듬으며 날개는 소망 감싸줍니다

바다건너 사막 돌아눕는 메아리
그 노래 읽으며 고독은 꽃펴났지요
악수 내미는 속삭임같이
순례자는 침묵 닦아갈 것입니다

기억의 노크소리가 별이 됩니다
꿈 안고 미소 짓는 흐느낌으로
메아리의 둔덕에 옛 고향 지켜가겠습니다

2023. 3. 23

카타르시스

극중 인물의 흐느낌, 파도의 분말로 어둠 덮게 하는 모습이 뼈 없는 그림자를 연상케 했지. 하물며 신발 벗겨나간 연골마저 시간의 대각선으로 아픔 받쳐 올리잖은가. 피리 부는 시간의 정수리에서 무지개 슴새 나오는 역상이 지구를 업고 달리잖은가.

밀밀밀, 첨밀밀… 계곡의 틈서리에서 기다림 슴새 나올 때 의자 등받이엔 손잡이 달려있고, 계란 노른자위가 먼지 낀 태양인체 기침 깊는 아침이었지.

막이 오르내리고 좌석은 번호를 망각하고 있다. 아리스토텔레스의 시학에도 사랑은 나방이 되고 돌아눕는 언어의 등성이에 새벽은 낱말의 부름으로 다가서고 있다.

2023. 3. 24

제2부

무지개의 고향

산다는 게 왜 어둠 걸러
빛 만드는 작업인지,
육신 걸러내는 메시아의 역상
눈꽃의 떨림 펴 보이인다

바람 흐느끼는 날,
시간의 척도에 귀 기울이며
냇물의 속삭임마저
먼 나라 여행 떠나신다면

숲 너머 사막엔
오아시스의 사랑 기다겠지

계단 딛던 작은 발,
빗속을 걸어가고 있다
무지갯빛 고향,
지구 밖 어둠 떠밀고 간다

밤이 까맣게 모여
별 쥐고 잘랑거리면
꿈들이…
새벽길 옷섶에 입을 맞춘다

2023. 3. 25

다도해多島海

여자는 다도해茶道海 그 발음과 비슷하게 생겼다
출렁이는 살결이 파도로 엄습해올 때
안개 걷히고 바람이 불고
그러하기를 수천 번
뭍으로 기어오른 말미잘 그림에도 고독은 술렁이었다

셔터 누르는 시간을 그는 즐거워했다
숙녀의 하늘에 놀빛 어스름
지구 밖을 서성이었고
짤록한 허리에
사막은 바다를 매달아두고 싶었을 거다

먼 여로에 퍼포먼스가 안식 챙긴다고,
새벽에 비, 비가 내리고
점막의 날개 밑에서 미라의 기적이 해안선 넘고 있다

2023. 3. 26

41

프로레타리아의 밤

이별 길어 올리는 안개의 집착
나찰羅刹의 기억으로
해안선 정밀도精密度에
번지수 적어 넣는다
눈꽃 염색해가는 이슬의 단면
녹슨 속주름 그려 보인다
망사의 공간 빠져나가는
누淚의 역상
오렌지사랑으로 하늘 물들여간다

2023. 3. 27

아킬레스건

슬픔 거스르는 부르주아의 타는 목마름,
가녀림 각성시키는 아픔이랄까
어둠 한 모금에 밤 불타오를 때
허리에 못 박힌 전설 사념思念 짓씹고 있다

바위 밑굽 젖어드는 기억 저 켠에
풋사랑 지펴 올린 망향 천만리
행복이라 깁스해두는 하늘 들려있듯이

허무의 휘파람 세월 끌고 달리는데
백설공주와 일곱 난쟁이의 풋사랑

풍경 부서진 계곡에 잠든 듯 깃 펴고 있다

2023. 3. 27

E 편한 세상

　바람 일고 햇살 춤추고 꽃 피고 기다림 반짝이는 세상, 그 곳을 지구라 이름 지어 부르자. 놀빛 부끄럼에 고독 길들이는 한숨도 어둠속 내처 달리는데 생각조차 부질없는 욕망으로 사랑 도배해보자.

　홀로 눈물짓는 저녁은 물새 우는 사연 서러워하리라. 달과 별의 만남이 붓다의 손에 용기(容器)의 질서를 쥐어주며 속살거린다면 감은 눈 와짝 뜨고 새벽 흔들어 깨우는 무가내도 있을 것이다.

　발가락 틈새로 빠져나가는 어둠의 깃발 나붓거려도 삭아내리는 큐알코드 난센스가 물결 되어 바위벽 울려줄 것이다. 버들개지 움트는 계곡에 봄은 잦아들고 메아리의 저널 색시의 속곳 널어 말린다.

　한오백년 청자의 눈물, 다시 전설 많은 둔덕 보듬어주겠지. 밤은 이상한 존재다. 색 바랜 동공으로 산하 비추며 구름의 속내 다시 노래 부를 일이다.

　2023. 3. 28

ㅌ럴ㅋ…

깨진 계단 한조각 지구를 돌려 세운다. 퍼포먼스는 컵에
보이차 담그고 소망의 안내도案內圖에 저 혼자 가쁜 숨 몰아
쉴 뿐이다
　마중 나온 바람의 구멍 난 손, 그 중심에 비둘기 울음소
리가 깃발 되어 나부낄 것인가

　무게의 공간에 어둠 밀고 가는 이방인의 방정식
　밤은 그래서 새벽의 전주곡…
　ㅍ, ㅍ, ㅍ~

　그래도 봄이라고 산새는 멀리서 ㅌ럴ㅋ… 그 이름 힘주어
불렀다 낮은 휘파람, 끈으로 매달려 있듯이

　2023. 3. 28

실재는 에로스의 꿈

불난 집에 기름 끼얹기라는
촛불의 눈물도 녹아 흐른다
어둠에 입술 꺼내 닦으며
전율 측량하는 넌출의 궤사詭詐

날개 서러운 펭귄들 비명마저
초음파의 공간 깁스해둔다
전류의 메모에 사막 달래듯
부재는 날개에 잘리어나간다

별빛 널어놓은 새벽난전이
발등에 샘물 길어 붓는다

왜 전생을 깨어나게 하는지
현실의 언어가 부서지고 있다

2023. 3. 29

달빛 리허설

명암에 입 맞춘 동작으로
전설 잠재워둔다
그림자에 어둠 흐르고
물살에 계단 쌓아 올린다

개똥벌레의 반뜩임
녹슨 시간 가려
이슬에 길 열어두고 있다

어디로 가나
사념 수놓는 미지수의 집합

깜짝쇼 현신으로
서프라이즈 눈감아두고 있다

2023. 3. 30

4월

얄포름한 베일의 색상은 연둣빛
햇살이 바람처럼 살짝
들어 올리면
보이는 건 햇순들 속삭임이다
지줄 대는 실개천 흐름에
동년이 걸어 나오고

꽃향 아롱지면
봄 안고 다가설 무지갯빛 언약

별빛 잠든 언덕위에
계절 살찌우는 즐거움이 된다

4월이여 순종의 여신
빈 들녘 종소리로 아침 깨우라
사금파리 신기루가 미소 짓는다

2023. 4. 1

4월의 꽃편지

향기가 또로록 또록 말려나온다
바람이 언덕 넘는다
벌레의 하루가 아지랑이 감싸고
투명한 생각에 뿌리 내린다

간밤의 실적, 새벽허리에
이슬 매달아둘 때
햇살은 사념으로 몸 헹구어낸다

글자마다 기다림
기억 닦아 허공에 걸어두면
하늘이 내려와 보듬어준다

구름 흐르는 언덕너머에
볼 붉힌 단풍의 언약
지구의 연륜은 꽃내음에 물들어간다

2023. 4. 3

영시零時의 키보드

소리 너머에 아픔 보이지 않는다
벽이 무너지고 있다
굽이도는 팻말의 안내도案內圖
파도 쫓는 부리를 싹 트게 한다

한 방울 사막이
버뮤다삼각주를 일어서게 하듯
확대경 속으로 손 뻗는 동공
향기의 눈물 눈꽃에 펴 보이고 있다

소프트웨어가
해안선 길어 올리는 척도가 된다
비 젖은 회음바위는
긴 독경소리에 속주름 새겨갈 뿐이다

2023. 4. 3

소나타

적도가 가로 지나는 곳에 열대가 있다
그 곳에는 눈 내리지 않는다
북녘 추운 하늘엔
현무의 사랑, 오로라 펼쳐 지구를 감싼다

펭귄의 눈물, 날개 서러운 사연으로
전생 별빛에 얹어두듯이
그는 무더위 포개어 구름에 감추었다

바람 따라 깃 펴고 날아갈 일이다
태고의 적설마저 빙하로 녹아 흐른다

구멍 뚫린 가슴에 달하나 걸어놓고
언약 딛고 선 망각 천만리
해 솟는 아침의 기다림 쏘아 올릴 일이다

2023. 4. 3

낙하落霞는 갈색 메모리

분계선에 도꼬마리허상 스크랩해둔다
밤비 내리는 시간이
댓글의 연서 머뭇거리게 한다
애자씨, 라고 하며 빠져나간 헛기침
바람의 허리에 매달려있다

실각한 외길에 확대경 돌리며
착상마저 먼지 낀 노트 닦고 또 닦는다

불가사리는 안색이 먼저 붉는다
집념이 고간에 끼어
숙녀의 손가락 오르내릴 때
꽃은 스스로 누드를 부끄러워 한다

2023. 4. 3

허공을 말해보아라

빛은 만져지는 것뿐이 아니다
깊이는 씨앗으로 물든다
입대는 것은
파들거림에 불 지르는 것이다

손 내미는 비천飛天의 악수
참선에 능선으로 춤춘다
바람 되어 물러서는 묵언

사리舍利의 함성으로
샛길 빠져 나가듯
햇살로 다가섰다가
에베레스트 산정에 깃 내려도

별들이 깜박이는 건
연서가 볼륨 꺼두기 때문이다

2023. 4. 4

헬리오가발루스의 장미

얼마, 아직 얼마를 더 뿌려야
꽃잎으로 승화할 수 있을까
세월에 입 맞추며
사막은 바다를 그리워했다

놀빛 물젖는 순간까지
미소는 에메랄드 하늘에
허겁의 연주 멈추지 아니 했고

가슴 출렁이는 시간 속으로
그림자는 내처 달렸다

햇살의 밀어
눈꽃 향기로 얼어붙어있다
속세의 한恨
튤립의 명화에 미소 짓는다

2023. 4. 4

절개切開하는 사념

부풀어 오른 충동 보듬는다고
생각이나 했겠는가
그것은 지각층 균열에
노크하듯 빙산 일각 좀먹어갔다

색상 캡쳐 해두며
바위는 눈감았을 것이다

팝업 꽃펴날 때까지
초승달은 홀로 한숨지었다

숙녀의 손
사막 길들인 계곡 더듬었고
구름은 바람 믿고 싶었을 것이다

아침이 새벽 업고
내를 건너 광야로 달리고 있다

2023. 4. 4

청명

간밤에 부르는 이 간절함 있어
조상님 묘소 찾아갔더니
낮게 드리운 하늘이
풀잎에 입 맞추라 속삭여주네

말씀이 이슬 되는 문안에도
맞절하던 고인의 기상
계단 딛고 올라서는
그리움에 묵념은 옷 벗어두네

숙명의 솟대 끝에 나부끼는
구름 같은 세상사
윤회의 둔덕에 가오리…
잊어도 못 잊겠다 읊조리고 있네

2023. 4. 5

선線의 탈의무

플라스틱 공간에서 무너진 광야를 보았다
지구의 단면에 귀거래사 수놓으며
사막이 새벽 흔들어주었다
순종의 거리를 질주하였을 것이다
나방들 파닥임으로
바람은 어제오늘의 이야기 엿듣고 있겠지
놀빛 묻힌 E 편한 세상
탁자에 내린 미소가 햇살 보듬을 뿐이다

2023. 4. 5

선線의 직사광

외래어의 소음 속으로 집착의 은닉
절창의 시각 열며
놀빛 부끄럼에 깃발 꽂았을 것이다

사랑 그리워지는 시점에서
시린 겨울 두렵지 않듯이
수수께끼에 미소 보이지 않을 것이다

기억 장착하는 용량이
데이터로 응집 되면
냄새는 마우스 끌고 다니고

촛불 갖다 댄 텍스트마저
비 내린 시스템복구로
꽃펴날 것이다 환각에 미래 열리듯…

2023. 4. 6

농도濃度

두루말이가 왜 정적 눌러주는지 입맛 다시는 비밀은 씨앗
에 까무러쳐있다. 먼 산 희붐히 밝아오는 세상, 새들의 불
안 두려움에 떨리게 한다. 먹물의 갈피가 무엇 의미하는지,
정지된 프로펠러 흐름이 개똥벌레 반뜩임에 깃 내려도 폰
알람 부서지며 춤추게 한다.

빗속 걸어가는 맨발의 안개 물젖어있다.
걱정이 일손 질리게 하듯 오페라극장문전에 눈꽃 피어난
전설이 시집가는 치맛자락에 회한의 날숨으로 매달려있다.
길은 시작에서 막창까지 눈뜨고 있다.

2023. 4. 8

헷갈린 기억의 순번

마리아나해구에 퇴적한 플라스틱 하늘마저
휴먼이라는 외래어로 고유어를 덮는다
피라미, 그것이 물고기 아니라면
되기나 하겠는가, 호흡도呼吸道 세척해가는 천년지애…

가위 열린 전생에 아라비안나이트 빨려들 듯
숨결 멍들어 가는데
단절된 곳에 녹아내린 빙하의 사랑
속절없이 빈 사막 지켜가고 있을 뿐이다

바다 꺼져 내리는 기세로 햇살이
손가락 자꾸 길이를 무수리처럼 뽑아 올리고 있다

2023. 4. 8

고백

    초혼의 옷자락으로 구릿빛 허虛가 놀빛 수염 눌러준다면 쉰 고개 쉬엄쉬엄 넘다가 서둘러 떠난 그 길에, 싸락눈은 어둠 몇 점에 싸락싸락 노래 부르며 눈물 뿌리지 않았던가

    산에는 산, 들에는 들, 멈칫하는 순간에도 지구는 질주하고 있었고 팻말에 주소는 적혀있지 않았다

    판도라 행성에 노아의 부름 있듯이 유언들이 보석으로 들어와 박힐 때 꿈은 있기나 했던 것일까, 알람이 초혼의 옷자락으로 다시 뜰을 덮는다.

2023. 4. 9

명상일각

계단 닦아두는 손잡이가 혼란스럽다
확대경 속으로 아침 걸어가듯이
플러그의 접속사接續事는
메아리에 구멍 뚫는 멜로디를 무색케 한다

알람 닮아있다고 한다
잠옷 벗어 깃발로 나붓거리면
냇물의 허리에도 숙명 매달아주고
말미잘의 흡반으로 사막 빨아들이고 있다

상전벽해 옛 신화
모바일신분증에 초점 맞추듯
눈썹 파란 봄빛으로 조금씩 다가서고 있다

2023. 4. 10

제3부

고도孤島의 흔적

벽 틈에서 하늘 슴새 나오고
세포의 균열
탁마琢磨에 촉각 세운다

바람이 옷 벗을 때까지
침묵은 허虛를 찌른다

입자粒子들 반역,
어둠 재조립되고
먼지는 장미처럼 조심스레 죽는다

2023. 4. 10

순삭旬朔변두리

달빛 일렁이는 물결사이로 계곡 달리는 밀어
깃 펴는 나들목에 향기로 점 박혀있다
외딴 섬 순례자의 고백
간밤을 내통한 진실이 입술의 흔적에 드러나 있다

놀빛 때문은 아니겠지
마사지 가격 뛰어오르는 고민
고도孤島의 숨 가쁜 메아리 소각되어있다
기사는 부풀어있고, 영혼의 투명함 깍지 걸 뿐이다

2023. 4. 11

색조色調의 칼로리

언어가 기호 밖으로 나래를 편다
숙명의 질주는 궤도에 구름 머뭇거리게 한다
햇살이 천사의 손길이다
프로펠러 앞세우고 지구가 질주하며
리시버 계곡에 깃 치는 하늘 감쳐둘 일이다

나깨흙 타오르는 소리 받쳐 올리면
싸리꽃 미소에서 전생 걸어 나오듯
솟대가 오후를 눌러 앉히고,
소리의 오존층에 빛살들 걸어 나간다

함무라비법전에 바벨탑은 없고
구멍 난 비명만이 옷걸이에 장착될 뿐이다

2023. 4. 14

탈脫

단춧구멍으로 달이 굴러 나오고 있다
브레이크 밟는 실각失脚의 밀도
고요가 뚜걱 뚜걱
손종의 발톱에 매니큐어의 시간 꼬집는다

피곤했나봐,
그림자가 거실에 옷 벗어두듯이
지구가 바다를 토해내는 동영상…

파도 만지던 손이
장미 꽃잎사이로 하얗게 질식 된다

다시 별이 굴러 나오고
기억에 구멍 뚫으며
평행우주가 어둔 세상 뽀끔 엿보고 있다

2023. 4. 17

추종하는 대각선

하나를 짚고 둘을 건너뛰는 셋의 바퀴에 낙엽 묻어있다
둘을 세며 넷 날아 넘는 다섯 여섯 배꼽에 별똥별 떠있다
입 벌린 재떨이가 왜 탁자 지키는지 그것부터 말해보아라

애완견 푸들이, 두 귀가 축 늘어진 오후를 가려 덮는다
잎 분분, 난 분분, 한자어가 계곡 날아 넘는 점선에
숙녀의 치맛자락, 어둠 감싸 안고 놀빛 열어가고 있다

다섯 여섯 되 뇌이며 발밑 간질이는 툰드라 함성
일곱 여덟 뛰어넘어 아홉 열 손가락에 바람 잠재운다
시방 대망의 손바닥, 태양이 구슬 되어 얼굴 내밀고 있다

2023. 4. 17

갱생更生하는 로터리

비뚠 그림자 바로 세우는
바람의 손, 시간이 만지고 간다
지구 밖 별빛의 연소
어둠에 각인되어 있다

너럭바위 연륜에 점 박힌
정글의 주소
하현달 둥글었다 이지러지는
소리를 듣는다

구름 흐르고…
첩경너머 풀싹 돋는 현실
믹스의 잔으로 아침 담는다

마시자 마셔버리자 마셔야 한다
집념의 모루에
향기 꺼내 닦으며
꽃들이 걸어가고 있다

사막이 가슴 닫는 날
생각의 문 열리며 하늘이 보인다

2023. 4. 18

무악_{巫樂} 살풀이

이별은 못다 나눈 갈색 추억인가
낙엽 밟는 흐느낌마저 갈무리 파닥임에 부서져 내린다
연민에 팔 뻗쳐 어둠 흔들어 깨워도
안개의 단면, 이슬에 눈뜨고 있다
부엉새 우는 영_嶺길에 꿈새가 저 멀리 미소 짓듯이.

2023. 4. 18

홍어회

에메랄드 바다를 삼키며
살아온 한생이 그렇게
폭싹…
삭아있음을 몰랐을 게다

눈 뜬 살점들이
썰려나간 세월에
고스란히 슴배어있다

콕 쏘는 암모니아 냄새
갈매기 되어 가슴에서
깃 치며 운다

꺼으 꺼으…
바닷새 닮은 목소리가
또 한 점 아픔 집어
입가로 가져가면

곁에서
폭 삭은 기다림 하나
홍합의 사막에 걸리어있다

2023. 4. 22

밤비의 존재를 들으며

안테나가 뿔난 시간 감아쥔다고
어둠에 깃 펴는 일
상상이나 해보았을까

삭힌 홍어의 뿌잇한
시선에 묵상 길어 올리듯
무지개는
밀어의 공간 덧칠해간다

아라비안나이트
그 잔인한 유혹에 점 박으며
난바다는 번갯불
사랑에 뿌리 내렸으리라

하루가 절렁절렁
실각에 발 담그고 있는데
면풍 맞은
스크린도어, 다시 열렸다 닫긴다

2023. 4. 29

천국의 색조

낱말의 고향은 어디
촉각 세우는 사막의 메아리
숙념의 이랑에
파도의 분말 새겨 넣는다

계단 딛는 자국마다
별빛 응고되어 있다

아픔의 대안에
미소 꺼내 바르며
하늘 물들여간다

가슴 부푼 꽃망울
아침이 몰래 지켜보고 있다

2023. 4. 30

이원론二元論

몸살 앓는 궤적의 목구멍에서 바닷새 울음소리 흘러나온
다
파도 움켜쥔 세월은 바위섬 쪼갠 메아리가 된다
그림자 깔고 눕는데 건조된 시간, 전생에 입 맞추고 있다
가진 자와 빈자의 구별이 사막에 뿌리 내린 오아시스의
전설이다
사념 벗어 깃발처럼 선인장에 걸어두면
홀로 떠난 발꿈치의 연꽃뿌리 닮았다는 사실은
윤회의 피리소리에 방울방울 젖어드는 꽃비로 목놓아버린
다

2023. 5. 6

74

그대 그리운 나날엔

계단 내리 딛는 발자국에
기억 매달려있어도
시간이 딸깍 모퉁이에서
옷 벗으며 웃는다
눈 덮인 광야 가로 질러
숙녀는 그때 눈 떴을 것이다
멀리서 태초의 아침이
입술 고운 이름으로
피어나고 있는데
난간에 주름으로 머물다가
바다는 설렘으로
사막의 노래 듣는다
햇살도 그림자 들었다 놓는데
놀빛 피어나고 있다
나뭇가지에 허겁
사념으로 돋아나고 있다

2023. 5. 16

먼데 산을 보아라

구름이 발밑으로 흐르고
어둠이 손바닥을 찌른다
초토의 아침에
물새 울음 매달아두며
안녕 감아쥘 일이다
태엽의 설렘에
밀도의 바다를 베껴두는
스크랩동년
사금파리 간질임이
파도의 뜻이라면
참배의 문향 꽃피워 가듯
속눈썹 밟으며
걸으라 날으라
무수리가 미소 지을 일이다

2023. 5. 16

무시로

둔덕에 입 맞춘 바람의 존재
그것은
어둠의 색조가 그곳에
가슴 열어두기 때문이다
빛의 발상,
콕 찌르는 날개 짓으로
일상 숨 죽여
흐느낄 뿐이다
냄새에 가시 박히고
다비하는 공간
주름에 삭힌 연륜으로
메모해둘 일이다
물레방아…
소리가 다시 식탁에
삐걱거리는 기억 얹어둘 뿐이다

2023. 5. 24

여행자

전설의 스카프 훔쳐보는 렌즈의 반역
속곳 사이로 첨밀밀…
눈뜨고 걸어 나온다
날숨의 계단
티켓 잃은 낙서가 풀 죽은
무지갯빛 받쳐 들고 멈칫 거린다
홀씨의 속사정
이슬이 까맣게 삼켜버리면
생각이 볼록렌즈 같다는 충동,
나이테 더듬으며 내를 건넌다
이슬 숲에 바람 일듯이
눈꽃의 전생
찢겨진 언어로 하얗게 얼어붙어 있다

2023. 5. 26

이른 새벽에 걸려온 전화

소저의 허리는 늘씬했다. 싸리꽃 향기가 칭칭 몸 감는 느
낌에 전율하며 사내는 마른기침 꺼내어 연신 만지작거렸다.
곁에서 삭은 햇살 집어 들고 멈칫거리고 인내는 손 뻗쳐 궁
색한 가슴 만져보았다.

허기진 아침, 거기서 주린 창자 움켜쥔 그림자가 폰 터치
하고 피타고라스의 구고정리도 입 닦고 있었다. 식사시간까
지는 아직 3분전, 상기된 아침이 치맛자락 들어 올리고 있
다.

가오리 해저 더듬는 순간엔 사막의 꼬리표가 길게 입덧하
고 있다. 말씀들이 옷 벗어둔 자국, 바람의 손걸레에 묻어
나있다.

2023. 5. 27

투영 投影

안경너머 명암의 마찰음마다
압력의 해제에 숫자를 댄다
각질 부서져 내리고
줄기의 연장선
뿌리의 색감 묻어남을 보았다

전전긍긍…
바람이 아픔 쥐었다 놓는데
세포의 구멍마다
알레르기의 전생 진맥해간다

시간의 초음파
마고의 숲 살찌게 하던
숙명의 나부낌 각질 벗는다
미라의 전설 이슬 빚어 올리듯…

2023. 5. 28

도심일각

바람마다 손 감추고 있다
층집마다 눈이 몇십 개
가로등 벌서는 거리로
시간이 도적놈처럼 빠져 나간다

낮게 드리운 하늘아래
굼실대는 바다
생각의 능선엔 선인장
어둠 삼키며 뽀끔 싹트고 있다

2023. 5. 28

아침을 비추며

잊으라 그리고 웃으라 또 하물며
햇살의 둘레에서 굴절의 숲
마사지 하며 우는데

앵무새 발톱에 아픔 길들여
솟아라 날아라 하네

다시…
무지개에 입 맞추면
햇살이 기억 보듬어
고비사막에 난바다 스며들라 하네

2023. 5. 31

꿈이여 안녕

어둠 가려 덮는 옷섶에서
이슬이 굴러 나온다
바람의 숨소리
안개의 초상화엔 보이지 않는다

빛의 고향은 어디
망각은 그리움 천만리

밤색 눈동자에 향촉 밝히며
초근草根의 흡반으로
물새 우는 전생 길어 올린다

아픔아, 불…
켜두어라, 눈 내리는
언덕너머 빈 광야 비추며

산 첩첩 물 잔잔
소고소곤 새벽 간질이고 있다

2023. 6. 1

괘도掛圖

두루말이에 인생 몇 줄 적어놓고
술사術士는 소주 한잔에 취해 돌아간다
빙글빙글 산천이 돌아가고
바다가 돌아가고
새벽 베껴두던 순간마저
떨며 잡은 잔에 담기어있다
건배, 하늘 한 모금…
바람의 숲에서
휘파람 춤추며 걸어 나오듯
꽃잎문양 불 지펴 꿈을 부른다
비천의 손 어둠 감쌀 때
꽃잎은 언제나 치맛자락에 녹슬어있다

2023. 6. 2

순례자의 해빙기

어둠을 꾹 쥐어짜면
빛이 나온다
가시 찔린 장미꽃
그 향기에
언약 깃들어있다
얼음장 밑에서
흘러가는 물소리
목추긴 흔적들이
먼 바다 가슴에로
닻 올리며
봄꿈 깨우고 있다
파릇파릇
지구의 단면
자국마다 싹터 오른다

2023. 6. 3

투탕카멘의 자백

번갯불에 담배 붙여 문 전설이 파닥거린다
파도의 능선이
달빛 감아쥐고 춤추는 건
알람 꺼둔 생각에 불 켜두기 때문이다

바람 물젖어있어도 흡착의 세기는
메아리의 책꽂이에 눈 뜨고 있다

해오라기 목소리 처량한 건
구름너머 눈꽃 까무러쳐 있기 때문
그 속에 두고 온 고향도 얼어있기 때문이다

2023. 6. 4

제4부

탈과 장신구

달이 수줍게 구름 속 들여다 본다
생각들이 엉켜 붙어있다
밤은 말없고
별들의 노래 까무러쳐있다

빛으로 슴새 나온 배고픔
기억의 덧니가 사념思念 씹으면
새 각시의 미소가
마리아나해구의 지평을 열듯

장미꽃 볼 붉힌 사연
놀빛 시간에 과거를 입 맞추고 있다

무지개는 존재
고향엔 아카시아나무가 있다

2023. 6. 6

궤적과 궤도와 빛살

이슬비에 입 맞추는 감내에
계절의 분말 길어 올린다
먼지 낀 허공에서
각질 부서져 내릴 때

뿌리의 주소에 머무르는 시간
어둠 쌓아 올릴 뿐이다

영시의 표적 조각해내듯
그리움도
사막의 반대 켠에
투척의 역상 반추해간다

꽃잎 얹는 바람 곁에서
수화手話는 고독의 몫이다

2023. 6. 12

나리꽃순정

길이 걸어가고 있다
버튼의 소음 속으로

링크의 삽곡 안개 감싸며 보헤미안의 옷차림 각색해간다.
보이는 것이 전부가 아니듯 생각의 건너에 손톱부리가 흙
긁어 올린다.

색상의 간질임에 기다림 있다면
미소의 굴절,

고독의 반경에
바람이 이슬 오려 붙인다

클릭되는 세상,
어둠의 직사광 건너에 불금의 만남이 있다. 안개는 언제
나 우윳빛이다

2023. 6. 12

환승역

고인의 입에서 꾹꾹 꾸르르
말씀이 씨앗 되어
안개의 둔덕에 뿌리 내린다
길은 물위에 있고
눈 내린 밤
각질의 존재는
부재의 발톱에 긁히어있다
굴뚝 상단에 피어오르는
전생의 긴 울음으로
승천하는
천사의 발치에 넋 놓아버리고
천년지애 감싸 안는
부드러움으로
그는 새벽 그리움을 연다
꾹꾹 꾸르르…
가슴 드러나 있듯
모나리자의 아침이여
드러난 속살에 입 맞추며
향기의 길목에
전설의 계단 손을 내민다
무덤 속에서 다시
고인이 벌떡 일어나 앉는다

2023. 6. 13

시나브로

자가당착~! 담뱃불 타들어가는 거다
기다림 속에 시간의 반역~!
전류 밖에서 데모가 아침 쥐고 흔든다

아낙은 불그죽죽한 손등에 햇살 바르며 초절이를 번져 눕
히고 바람이 곁에서 휘파람 불었듯 사립도 저 혼자 전설 열
었다 닫았다 한다

물속에 물이 있고 꽃 속에 향기 승새 든다

블랙홀에 빠진 메아리의 형체 감춘 사실마저 미라의 사막
받쳐 올리듯 벽화의 틈서리는 지구를 노크하며 재떨이 흉내
내 본다

새벽안개 주춤 거린다
이슬의 주소에 빨대 꽂는 빌라의 공간에서
아침은 빛나라 찬란한 숙명…

그러나 아, 아, 아픔… 아픔은 결코 보이지 않는다

2023. 6. 14

삼칠은 이십일

아픔에 손 베던 때가 새소리 잦아들던 시각이다
조약돌 시간 속으로 어둠은 바다를 그리워하고
세포 수놓는 율동이 메아리로 울려 퍼진다

쨱… 음표가 둔덕의 단절에 씨앗으로 남는다
숲의 함성이기도 하다 바람, 그리고 다시 물, 물…

도깨비 기왓장 번지는 소리가 적도를 감쌀 때
최면 걸린 지구의 자전은 꿈이다 납득시켜라

풀잎에 이슬로 새겨 넣고 싶다
명암의 우주가 그늘 밑으로 눈 감고 걸어가고 있다

2023. 6. 15

동행

허름한 골격이 풍화되는 지구를 떠밀고 간다
태양의 무게는 이름 모를 아픔에 식어가고
시간 거꾸로 못 흐른 이유가 단춧구멍에 꽂히어 있다
우리는 어떤 존재인가 살아가는 것에 집착하며
바람의 갈래에 낙엽 없는 손톱부리로
계단 딛는 역상 들어 올린다
기다림 밖에는 그리움 보이질 않듯이
정 하나로 살아온 순간이 안개의 속곳 들여다보며
이슬빛 소리로 새들의 새벽을 넒으로 연다

2023. 6. 16

카테고리에 손 내밀어

삭뼈 부서지도록 춤추다가 산맥으로 경직되었다
미라의 삭은 허리 그러안으며 가슴 부풀어있다

향기 속살대는 소리에 안경너머로 훔쳐보는 달빛
증언조차 질리어있다

미스터리 입술이 언제부터 알람이었는지
초침 안고 달리는 시간

고비사막 멜로디가 발등에 샘물 길어 붓는다
마태복음 구절이 또또또… 전설 묶어두고 있다

2023. 6. 19

나부끼는 언덕너머로

걸음 멈춘 플랫폼에서
옛 전설 싹터 오른다
해안선 긴 그리움 각색해두며
시 한줄 읊조릴 일이다

때로는 슬픔도 따스함으로
먼 바다에 깃 내리고
숲 너머 설렘들이
내일 속삭이고 있다

아픔이 길 열어가듯이
이슬의 투명체에서
골격 걸러내는 모습

테라스에 손 내밀어
봄날의 언약 받쳐 들 일이다

2023. 6. 20

풍화에 보석 박아 넣으며

빛은 어둠의 그늘에 용해되어 있다. 신화가 현실 들여다본다. 나트륨소금에 묻힌 미라의 시간이 천년 사막 거머쥐고 먼 바다 여행 떠남을 상상해보았는가.

날선 안개의 미소는 케첩 발린 각막 벗겨내며 승천의 이슬에 아침 새겨 넣는다. 그것은 영혼의 준말 주어 담는 바람의 유연함일 수도 있다.

발 들어 보아라. 손도 들어 보시라. 잃어버린 옛 노래 흔적들이 해안선 긴 흐름에 사금파리로 점 박혀있다. 이제 별은 어디로 흐르는가. 천혜의 둔덕에 아픔 몇 알 심어놓고 윤회의 지구로 속살 갖다 댈 것인가.

전율하는 터널 저 켠에 얼굴 불인 부용芙蓉의 공간, 조각가의 손 떨림 다시 시작되지 않는가. 어디에나 놀빛은 토막나 있다.

2023. 6. 23

97

신 내림에서 베껴 쓴 비기에…

막 말해서 온도의 기준치가 표기에 넘쳐난다면 수위의 틈
서리에 햇살은 멈춤 마다하지 않을 것이다. 힐링의 코드에
초침 갖다 대는 순간, 별이라 이름 지어 어둠은 깊은 밤 장
식해가고 난바다 거센 숨소리 움켜쥐고 사막도 스쳐 지났
다.

금강경 두루말이에 적힌 진언眞言들이 나락으로 영그는 둔
덕에서 그는 팔 벌려 하늘 그러안는다. 사리되어 뒹구는 이
슬의 약조가 정글의 가슴에 향기로 속속 들이 박힌다. 숲의
언어에 날개 돋는 현실도 바람에 얹히어있다.

꿈을 아느냐 물으면 그림자가 절렁절렁 내일 들고 영嶺
넘어가고 지구 밖에서 지구가 멀미하는 모습 우주가 비춰
보이고 있다.
거룩한 손이 우주를 끌고 끝없이 달리고 있다고 톱뉴스에
오른 진실은 아무나 다 아는 거짓 아니다.

2023. 6. 24

아픔에 손 베었을 때

　말미잘 그림자가 뒷짐 지고 서성거릴 때까지 새벽비에 전율하던 나날은 오똑 선 콧마루의 능선 기억해주고 있었다.
　함께 해준다던 방생의 언사에 분말 돋친 시간 메모해두며 아낙은 갤러리 어눌한 시각을 슬피 울었다.

　무심한건 하늘이었다. 잘려나간 그리움의 단면에 지구 한 알 수놓으며 먼 바다 항행 꿈꾸고 있었다.
　눈 많은 잠자리의 고민이 날개에 무지개 그려 넣듯이 흐느낌은 바위의 속주름에 이끼 돋은 전설로 응고되어 갔다.

　아침은 오려나. 바람도 분다. 햇살의 분신들이 미팅의 옛 순간 집어 올릴 때 문어의 다리가 지구 감싸는 동영상, 오아시스의 부름으로 조곤조곤 꽃펴나고 있다.

　2023. 6. 25

촉수觸手를 보셨습니까

낮달 드리운 시간의 퍼포먼스는 황혼에 언어 깎아 맞춘
다. 멀리서 기억 찾는 나목의 흔적마다에 고독이 안개로 깃
펴고 있다. 명찰名札 핥고 지난 바람의 입술에 눈꽃의 향기
는 묻어나있다. 얼어버린 감각의 무지가 도막난 연륜 길들
여갈 뿐이다.

힐링의 점선에 대각선 그으며 초토의 들녘에 희망은 눈뜨
는데 두근거림으로 해안선 노크해가며 사랑은 긴 울음 찢어
새벽 감싼다. 확연히 햇살은 태양의 품에서 툰드라 녹이는
속살에 입 맞추고 있다. 바다가 깨어나고 있다.

2023. 6. 25

새벽갤러리

가고 있다 꿈속으로 그러나 기억은
어둠의 흔적에 불 지피고 있다
아픔 잘라 제단 받쳐 올리고
벤치의 순번에 그림자 덧붙이고 있다

바람 한 올 깔아둘 일 아닌가
사유의 탈출이 묵언의 빛이라
청동거울 궁색한 행적마저
시나라오 상단에 이슬 매달아본다

사랑은 이정표,
실각失脚의 연륜 파도로 깨어날 뿐이다

2023. 6. 27

살아간다는 게

　씨앗 쫓는 병아리 부리에 햇살 꼬불딱 이는 걸 바람은 보았다. 꽃잎 들어 올리며 손목 끊어진 마디에서 반지戒子 굴리는 소리가 우주 흔들어 깨움을 점찍어둔다.
　보랏빛 회한의 하늘아래 극락에로의 귀의歸依, 그 환영幻影의 숨결, 염불의 메아리로 나팔꽃 미소 수놓아간다.
　이제 또 만날 수 있을까, 안개의 미로, 첫사랑 섬섬옥수 같이 사막에 바닷물 쏟아 부을 때 행각승 패션 앞에서 지구는 환승역 떨며 보듬어간다.

　2023. 6. 27

심전도心電圖

　사막의 틈서리에 쪽빛 스크랩하며 바다의 목소리 흉내 낸다. 잊었다 말해도 난투극亂鬪劇 역사는 파도의 눈물 보듬어 간다. 모나미 볼펜 글 토해내는 소리가 화폐 인출기에 카드 꽂을 때 그땐 벌써 잊었노라 아주 오래전에 답해주었노라고 입덧으로 별빛 허리 감싸주시겠지. 회한悔恨의 레코드판에 흐느낌, 연륜 그려가는 것은 슬로건slogan 계시록이 정오의 태양 비춰 보이기 때문일 꺼다

　2023. 6. 27

천도야사^{遷都野史}

지구의 범람, 그 속에 나트륨 꽃잎 부서지는 소리가 파도의 날개를 접는다. 그 기슭에 모로 누운 사막의 뒤척임… 신종 비루스virus의 속살 타들어가는 빛의 내음새가 탯줄 끊고 우주 잠식시킬 때 휴먼문명이 검증해낸 증발의 미소… 고온高溫현상이 녹여낸 콜타르 향기로 어둠의 경전經典에 압침 찌른다.

지축 엇바뀌는 이차원異次元 곬 깊은 메아리에서 이슬 꺼내어 가슴 닦는 소리가 기억의 단추 벗긴다. 아픔은 없나니… 슬픔은 허겁 무너짐을 웃나니…

2023. 6. 27

붓다의 진로眞露

구토증도 있을 것 같다
입이 쓰겁다고 했다
안 됐구만, 라고 하는
귀동냥이 볼륨 이란다
허겁의 아픔, 그것은
안개 젖은 나방들
흐느낌일 수도 있었다
그러나 미리내 닮은
밤의 지싯거리 떠올리며
기억은 먼 들판으로
심야의 굽을 놓았다
아킬레스건 틀어쥔
단가마의 단거리 기다림
그 솟대에 나부끼는
스님의 손아귀에
허영虛榮의 아픔은
바짝바짝 죄어들고 있다

2023. 6. 27

설련雪蓮

　아직도 얼마나 많은 고독 겨냥해야 할 것인가. 그는 어둠을 감히 적이라고 말할 수 있는 용기를 가지고 있었다. 그러나 달빛 메모는 전주곡 다독였을 것이고 고개 내민 하루는 아아~ 정말… 하면서 헐벗은 돌 틈에 억겁 고행 끼워 넣었다.

　한줌 메아리가 기억 나부꼈을 것이다. 눈물로 돌이키는 숙명의 갈림길에서 겨울은 용케도 모락모락 봄 잉태하고 있었다, 방정식에 침묵 평화로 눈뜨고 웃듯이…

2023. 6. 27

배경음악

소리가 짤랑 커피잔에 떨어져 프리마가 되었다. 가을 타는 냄새가 생각 떠밀며 입가로 다가선다. 슈퍼에서 만난 젊은 색시의 점프하는 시간들이 줄지어 계단 오르고 있다.

젊은 날의 고뇌, 꽁꽁 숨겨둔 옛날이 젖을 것 같아 짐짓 햇살 점지해둔다. 물안개 피는데 메뉴판 들었다 놓으며 아픔의 질서에 다시 손 내밀어본다.

외줄 고독… 커피잔이 떨며 덜며 천사의 미소 닮은 미아가 된다

2023. 7. 4

신호탄

배신의 틈바구니에 피어난 저승사자 숨결이 하늘 귀퉁이에 걸리어있다고 느껴보았는가. 창백한 언사가 눈꽃에 스며든 명암의 궤도를 주름지게 한다. 각질 싹 트는 시간을 망각이라 일러두지 말자. 못난 이름 앞에 배꼽인사는 할미꽃 순정 받쳐 올릴 뿐이다.

기다림 밖에서 그리움은 또 찬비의 언사를 바람벽에 갖다 붙인다. 글자들의 반란, 약조의 둔덕 너머에 적막 감싸고 있다. 아르키메데스의 시학에서 추방당한 이념의 그림자가 카테고리의 둘레에 시간 동여매고 있을 때 이슬의 골격, 거리에 서있다.

2023. 7. 4

가장 간단한 사랑

새벽비 보드라운 섬섬옥수로
아침 어루쓰는 소리는
시간 잘라 가슴 덮는
향기 바랜 숨결일 수도 있다

서성이며 뒷짐 지시고
바람처럼 멈칫거려도
별들의 신음마저
미소어린 세월 기억해두시겠지

윤회의 갈림길에
사막의 한숨, 얼큰한 바다
게트림이란 진실로
소망의 하늘 열어두고 있다

2023. 7. 5

그대라고 불러봐…

별빛 찬연함 허공에 모셔두고 바위는 조금 부화되고 있지
아침이 질주하고 있듯이 순종으로 어둠 감싸 안으며
포물선이란 걸 알면서도 사랑은 들을 덮었지
그리고 입술의 반란 엿듣고 있지
키보드의 몸부림에 파도 길들이며 아픔 염색하듯이.

뭣 하자는 것인가
이슬의 고민, 댓잎의 색상에 스카프 울려주듯
기억 수구함에 어둠의 질서가 간헐천 농성에 깃 날리며
숨 막힌 하늘 가만히 만져보았지
살그락 부푼 가슴 내려앉는 소리

잘려난 오페라의 속살 더듬으며 바람이 놀빛 들어 올린다

2023. 7. 7

제5부

계절이 신발 벗는 소리

밤 울어대는 기적의 논란이 기억의 가지에 눈뜨고 있다. 계곡에 돋아나는 이슬의 기저에 하늘 깔아드리며 어둠은 바람처럼 휘파람 불다가 별빛에 자취 감춘다. 저 멀리 바다의 게트림, 그 너머엔 또 해 솟는 아침이 숲 다독이고 있다.

거리에 불이 켜지고 나방들 파닥임이 공전하는 행성의 소음 사막에 널어 말리고 있다. 교접의 밀어 꽃펴나듯이 벗겨진 속곳의 체취는 능선 거머쥐고 자막 지운다.

페인트 병에 꽂혀있는 빵집 아줌마 신장개업 동영상이 각막 찢는다 오랜만에 비 내릴 듯 암울한 구름의 표정에서 계단 딛는 소리가 새벽 흔들어 깨운다. 손과 발의 만남, 수묵화로 젖어들고 있다.

2023. 7. 9

객주에 말발굽소리는 새벽을 열고

　모나리자의 웃음에 눈물 깔려있다는 환각이 낙엽 잔등에 깃 펴고 있음에 놀라며 손 뻗쳐 시간의 치맛자락 들어 올린다. 잊을 거라고, 결코 자국의 흔적은 사라질 거라고 커피 내음마저 벤치에 낙엽의 숨결로 입술 비벼대고 있다

　사랑은 그리움의 천사 그 하얀 손수건에 남은 주홍빛 기다림 그리고 홀씨의 연민이라고 안개 닦는 내력에 이슬비의 언약 받쳐 올리시겠지 그게 가슴 뛰는 숙명이라면…

　그러나 햇살은 계곡 비추고 그 엄청난 파도의 둘레에서 눈꽃은 부서지며 쑥스러운 하루를 안식에 새겨 넣는다. 구름의 저변에서 어둠의 반목 눈 뜰 때까지 환각은 별빛 사투리로 오늘을 깁스해둔다

　고독은 몇 시입니껴… 자오선 길이가 기억 동여맨 능선에 아른 거린다

　2023. 7. 10

113

망향望鄕 소야곡

낮게 드리운 구름의 표정에서
숙명의 반란을 읽는다
먼지 낀 목소리가
낙차에 귀 기울이며 별빛
새겨 넣을 일이다

맨발의 사막 걸을 거라면
해안선 굽이진 곳에
남루한 새벽마저
분말로 부서져 내릴 일이다

바람 슴새나간 둔덕에
접착의 진실

바래진 향기에 떨림 있듯이
눈꽃의 성찰엔
판도라의 미소
놀빛 펴들고 마중 나갈 일이다

2023. 7. 11

계란말이 속 같은…

화끈했던 기억 둘둘 말아 식탁에 올린다. 젓가락이 집어 올린 환생의 퇴적물, 고요가 진실 감싸고 터널 핥고 지나듯 입자들 논란으로 포박의 숙명 넘보고 있다. 경직된 파도의 알람, 커피색 가을에 추억 한잔 용해시키며 먼먼 저 켠 옛 고향 그리워한다. 하늘과 땅 교접의 접경지에서 손 뻗쳐 바다의 전설 움켜쥐고 있다. 빠져나간 비린내가 사막의 무지개에 선인장으로 꽂히어 있다.

2023. 7. 12

미로의 창窓

가슴이 달랑거린다는 건
유혹에 대한 반응일 것이다
허리 감고 달리는 느낌
별빛 쏘아 올리기 때문이다

성대聲帶가 약간
떨린다는 건 플라타너스
그 잎새의 안녕으로
꿈빛 흔적 닦아주기 때문

강강수월래
옛 사랑 안개 속으로
망각은 기억 슬퍼하느니

아픔이여 그 이름은
눈물어린 선율 한 소절
찢겨진 추녀 끝에
풍경 목 놓아 울어 주리라

2023. 7. 14

잘못 걸린 빗장

안개여 기억 가려 덮으라
이 밤이 가기 전
번개는 빛 망각하리니
미아의 사랑
블랙홀에 입 맞추게 할 일어다

들숨과 날숨의 교접
육자진언 독경으로
기억 흔들어
숙지황 길들여가듯이

달빛 서성이는 소리마저
명암 싹트는 시간 보듬어준다

소쩍새 울어예는 아침
옥잠화 눈뜨는 시각
이슬에 향 적어 넣으면

사막의 무지개가
미아의 창 울며 닦아주고 있다

2023. 7. 14

반야般若

구름 덮인 하늘 건너에 별찌 하나가 스쳐 지난다
또 누가 죽어가는가 라고 하면서 그는 한탄했다
어둠이 반짝 또 반짝 눈 떴다 감았다 한다
하지만 뒷짐 진 여자의 가슴은 바람이 가려주고 있다
적막 흐르고 거짓말 같이 기억이 멱살 틀어잡는다
치마 펼쳐 겨울 덮는 둔덕에서
행진하는 글자들 반역
사랑했던 애자씨 그 이름도 얼어붙은 향기에
우윳빛 은어隱語 터치해간다
연민의 수틀에 사막 수놓는 바다의 언어
굼실대던 속칭마저 무지갯빛 터널 속으로
긴 해안선 밀어붙이고 있다 언약은 늘 미확정이듯

2023. 7. 15

마도로스의 깃발처럼

시망막 옷섶에 바다가 묻어있다
안개 길들이는 밤마다 순종의 귀의歸依…
풀죽은 타관 이야기엔
지구조차 끌려가고 있음을 본다

아픔 각인하듯이
항해에 작은 햇살 매달아두며
구름의 단아함으로 미아의 꿈 눈뜨게 한다

문 열리고 파도 팔딱이는 인내
약조의 윤회마다 팝업창 꽃피워가고
난바다 속주름 복원 시키며
어둠 뚫린 사막의 숲길 감춰두고 있다

2023. 7. 15

우리는 어떤 존재인가

아픔마다 불 켜들고 길 더듬어간다
모습 감춘 벌새의 흐느낌
손 흔들어 보이면
숙성의 확률
이슬의 안식으로 숲 깨우고 있다

경사각에 공전 습배 듯
숲 너머 지축 감싸는 견고함
바람소리 베껴두고 있다

시방 한 장 아침 들어올리는
놀빛 속으로 햇살이
문안 받쳐 들고 있다

무릎 꿇는 기억의 계단에
세상은 모두가
낙엽 길들인 영혼의 천사가 된다

2023. 7. 17

백주에 빗소리 듣다보면

등단의 영사막 구름 되어 흐르고
전율의 난반사 오려붙이며
맨드라미 밀어 속삭이고 있다
어둠 깔린 귀퉁이
참이슬로 길 열어가듯
상고대 기억마다
조락의 숙명 힘주어 부른다

지구 싹트는 소리
명암의 망사로 아픔 감싸면
립스틱의 흔적
햇살의 온도에
숙녀의 시간으로 기다림을 연다

2023. 7. 17

흐느끼는 새벽에 감사드리며

난무하는 페이지의 난삽에 음표 적어 넣기로 했다
내일은 무지개 비낀 영마루 건너 휘파람 불며
빗방울의 인사에 손 내밀어보기도 하겠지
그러나 가슴 조인 자작나무 안색으로
방치된 하루에 머물다가
잘려나간 노랫말로 허겁 점찍어두기도 하겠지

꼭 그랬을 거라는 압력의 수위처럼
풀죽은 공간은 구름 밖으로 밀려나기도 할 거야
오류의 합수목엔 얼룩진 기억들
죽은 나트륨 각색해가며
센스의 뚜껑 여닫는 시늉 하겠지
시간 덮고 뜸 들이는 키스가 좀 축축해났다

바람은 저 혼자 뒷짐 지고 가는데…
부풀어 오른 여윈 가슴에 낮달 하나 밀어 넣는다
밥처럼 살다 간 레일의 그림자 밑으로
까치 우는 아침 부서져 내리고 시간은 바야흐로
첨밀밀, 고독 육박해간다 처녀귀신 다가서듯이…

2023. 7. 18

맥주빠에서

싸모님이라 불러야 하나 발음이 이상한데, 라고 하며 새벽은 떠나고 퍼포먼스가 속곳 벗어 가려 덮는 동작 감내해야 했다. 놀빛 빗기어갈 때 물안개 떠올리며 시간조차 보살님이라 읊조릴 수 있을까

계단 널어 말리는 기억 칵테일 입술에 생각 갖다 댈 때 비 젖은 숨결마다 독주가 된다. 묵언 소리 내어 흐르듯 저변의 둔덕에서 사랑은 염불하는 행각승이 된다

아아 싸모님, 싸모님… 내일은 보시 좀 해주실라나요

2023. 7. 22

적선積善에 수위 맞추고

아픔은 슬픔을 인식하는 순간부터 잊었다고 하겠지요. 향기도 모르면서 꽃잎에 머물다 이슬로 사라지며 치맛자락 들어 올리겠지요. 그러나 전율같이 고독 접어올린 이별 싹트고 있음을 알겠지요. 그것은 작약꽃 피어난 한여름 울다 간 벌새의 사랑이겠지요.

바람 따라 흐느낌이 미라의 사막 눈 뜨게 합니다. 자박자박 걸어가는 회한으로 한숨도 얹어두겠지요. 하지만 싸리꽃 피어나는 옛 고향 기슭엔 노래마다 빈 계곡 덮어주고 있습니다. 외롭겠지만 낙숫물 소리 즐겨 들으며 거리를 걸어갑니다.

바닷물 두런대는 계곡을 지나 어둠 피어나는 하늘 너머에 윤회의 이름 빛나고 있습니다. 존재의 드라마틱한 순간이 아침 지탱해가듯이 얼룩진 그 길 위에서 우리는 여행 다그치고 있습니다. 풍경風磬 되어 기억 흔들며 별빛 각색하던 그날이 밝아오듯이…

2023. 7. 22

124

무시로

존재의 문전에 그는 서있다
몰골만큼이나 햇살의 농도는
입자들 교감으로
안개의 속살 그리워 한다

고독 연마하는 헐벗은 들에
사막은 바다가 되고
언어는 각질의 천사가 된다

멀미하는 자국들 난삽
지구의 그늘 포박해가면

바람의 역학에서
결 고운 미아의 진실
눈꽃 부서지는 소리를 듣는다

아픔의 능선에
징표마다 지적의 기다림이다

2023. 7. 24

느티나무아래에서

세월의 코고는 소리 들린다 하여
얼마나 많은 밤 지새우며 울어야 했을까
눈물처럼 고여 오는 은어隱語들
멍든 하늘 비껴 담는 빗물일 뿐인데

뜻 찢긴 눈꽃은
향기에 입 맞추는 지혜도 갖추셨나보다

사념 휘젓는 저항선
투박한 언어에 바람 싹트게 하고
별빛으로 가슴 덮는 정오의 하품마저
망각의 허리에 기포 떠올리고 있다

이게 무슨 소리냐
도깨비 씨나락 까먹는 소리
계절 한 잎 씹으면
옳거니, 놀빛에 이름 석자 적어 넣겠지
주인공은 이슬과 그림자까지 셋일 뿐이다

2023. 7. 24

담쟁이풀

담쟁이가 벽 기어오르며 담을 넘는다
그 너머엔 하늘 그리고 바다
안색 붉힌 꽃잎마저
향기 감아쥐고 흐느낌을 볼 수 있겠다

눈물이 또옥~!
밥그릇에 떨어져 숨어버리고
딸내미 머리 쓰다듬으며
아비는 웃어 보인다

짜아식~! 갔다가
안 오는 것도 아니잖아…

여름에도 한여름 비는 내리는데
바람 놀다 간 골목길에
담쟁이 담쟁이,
벽 기어오르며 하루해 넘기고

별빛 찢어 덮으며
어둔 밤 둘레에 이슬은 포박되어있다

2023. 7. 25

고향

　간헐천 슴새 나온 옛 가락에 사무침 주렁져있다. 놀빛 둔덕에 그리움은 기다림의 시작이다. 꽃잎에 이슬 얹는 순종으로 안개는 망향 젖어들게 하고 홀씨 싹틀 수 있도록 습도너머 다박솔 미소가 숙념의 입자 뿜어주고 있다.

　갈래의 틈사이로 산새가 운다. 길은 뻗어있고 무지개의 다반사, 계단 딛는 노옹의 이마에 놀빛 출렁거린다. 쭈크리고 앉은 산배머리 소음마다 기억의 허리에 쑥꽃향기 지펴올리며 깔락뜀 뛰고 있다.

　강시僵屍의 눈확에 햇살 같은 고독은 언제나 기억의 연민으로 찰방거리는 풍경소리를 바람에 얹어 흔들어줄 뿐이다.

　2023. 7. 26

무더위

어찌 삼복에만 있을 것인가 라는 착상이
집착의 질腟벽에 보석 박는다고
꽃물결 모를 리 있겠는가
불금의 시간 들이키며 댐 넘는
수위의 반목마다 장맛비 기분일 것이다

끈적 진 초강메시지가
송엽松葉의 예리함으로 인내 찌를 때
에어컨 이마빡에서 굴러 내리듯
머물다 간 자국엔
향기의 떨림마저 기억에 누적되어있다

성에꽃 피는 사념이다
밤새의 울음에 그 몇 번 흐느꼈던가
먼지 낀 옛 추억 날름거리듯
한숨 쉬는 아픔에도
씨실 같은 빚은 회한의 옷 벗어두고 있다

2023. 7. 28

꿈빛 다면체多面體

시공時空 하늘로 나비는 날아가고 있다
옛 조상님 무덤위에 잡초 무성하고
청 기왓장에 새겨 넣은
아비규환 역사가 어둠 받쳐 들고 있다

천둥의 수인사마다 계곡에
시나브로 갈숲의 숙명 핥고 지난다

알레르기가 고요 동여매고
집념은 끈, 그 경계의 둘레에서
추락에 눈꽃 조각해간다
황야의 고독엔 싸리꽃향기 잠착되어있다

2023. 7. 28

질서의 개평방

먼지들 입자에서 빚은 기억 삼킨 여과기에
명상의 흔들림 장착 시키고
용오름에 손톱 박는 판막의 나부낌
좌우심방 숨 가쁜 소리로 노출되어있다
역상마다 안개에 주름 끼어있다고
기다림에서 윤회의 깊이 측정한다면
하늘 푸른 역사에
해법의 주술사가 지구 앞세우고 어둠 달랠 것이다
시간의 고체에 갇힌 메시아
길은 생각너머에 향기 깁스해두고
사막 업고 걸어가는 터널엔
있다 그림자 같은 꿈들의 흔적
그 미지의 계단 오르내리며
숙명은 오늘도 찬란한 기억이 된다
세상 밖에서 세상은 개똥벌레의 착상 고르고 있다

2023. 7. 29

산문山門밖에 시간을 보초세우다

더위의 땀구멍에서 삼복三伏은 에어컨 휘파람으로 달려 나온다. 풀 죽은 소나기가 구름에 실려 영 넘어가고 코스모스 꽃잎에 무지갯빛 하늘 빗기어있다.

갈새 우는 아침의 단추 잠가져있다고 사막의 표정 경직되어도 해수면아래 유행가는 빙산으로 침체되어간다. 기왕이면 그냥 가시라는 선지자先知者의 가르침, 이슬 걸러내는 소리로 음계音階의 계단에 햇살 올려 앉힌다.

연초록 눈빛에 아픔 심어 가꾸는 윤회의 숙명, 부끄럼에 볼 비벼대는 사리舍利의 각막으로 숙명의 덧니 감싸두고 있다. 산 첩첩 물 잔잔, 어둠 만져보는 적막은 안개의 베일에 가려져있다.

2023. 7. 30

물은 물이로되

자막字幕의 명암 속으로 바람이 걸어가고 있다
연기緣起들의 실태實態 꼬집으며 리허설 돌아가고
경적소리가 유리창에 박살나고 있다

신기루에 입 맞춘 파도의 설렘 잠재우듯
사막 지고 가는 흔적의 전설들
바위섬 덩치 큰 그림자를 꼬깃꼬깃 움켜쥐고 있다

지구의 역사가 빅뱅의 순간 못박아둔다
사랑과 이별의 존재는 세상의 거울 속에서
윤회의 이슬 걸러 별이라 이름 부르기로 했다

기다림과 그리움의 요상한 실재에서
너럭바위 생경함은 반고盤古의 하늘 받쳐들고 있다

2023. 7. 30

계주봉은 망언妄言하지 않는다

꽃 속에 밭이 있다 안개 속에 이슬 있듯이
달은 꿈을 비추고 실각失脚의 시간
까무러친 기다림 허공에 비끌어맨다
그러면 지나가던 바람이
어둠의 연륜에 그 소식 오려 붙인다

향기 속에 길이 있다 갈망 나부끼듯이
메아리는 연민에 회한 꽃피워준다
아픔은 언제나 희망의 전주곡
꽃 속에 밭이 있듯이
홀씨의 계곡엔 늘 옥토의 간질임이 있다

2023. 7. 30

제6부

소나기를 들고 보아라

소음 두드리는 계시어에 누드의 갈망 젖어있나니
들렸다 가는 회한마저 하수구에 머리 들이 박는다

안식의 계단에서 뛰어내린 싸리꽃 함성이여
사려 문 강풍엔 눈물의 고백 숨겨있느니
핥고 가는 스나미의 옛 사랑으로 서성거릴 일이로다

속곳의 소요騷擾에 입맞추며
이제 우리는 구름 위 하늘 걸어가야 하느니,
있잖은가 커다란 손, 사랑과 이별 모두 움켜쥐고

별빛 쏟아지는 소리에 귀 기울인 수련의 아픔
토막 난 점선으로 보석 으깨진 소리 흉내 낼 뿐이다

2023. 7. 31

잠나라 여신의 향기에 적는다

흔들어대는 아침 잘라 소반에 받쳐 올려라
각서의 발음마다 밤색 게트림 본뜨고 있다
상투 잘린 공간 놀빛으로 물들이며
점프하는 분초들 다툼으로 시간 노크하시라
바벨탑 상상봉에 드리운 구름의 고백
근심어린 표정으로 빅뱅의 근심 감싸는데
기억의 뒤안길에 출렁 또 출렁
생각의 숲 둘레에 윤회의 속칭 환생 시키라
아픔 건너에 인내 드리워있듯
무소위無所爲 공간너머에 열대야 입덧
신기루의 사막 잔주르고 있다 천사 같은 손…

2023. 8. 1

애환의 숲 너머 그림자여

오고파도 오지 못하는 그 길을
노래 안고 기억은 떠나고
눈꽃향기로 하얗게 웃으며
사랑은 겨울의 가지에 내려앉았네

가고파도 가지 못하는 그 길을
휘파람 불며 다시 더 한번
그리움은 갈새 처럼 울고 말았네

하늘 푸르러 사막 딛고 가는
먼 바다의 흐느낌
미라의 전설로 오늘을 반짝거려도

이제는 빛으로 싹터오른 소망
어둠의 그 길 불 밝혀두며
숙명의 부름으로 빈 하늘 지키어가네

2023. 8. 1

가로되 다시 더 한번

궁색의 돗자리에서 기억의 번지수로
바다의 숨결 터치해간다
좀비들 파닥임으로 색상 길들이며
어둠에 별빛 새겨 넣으라
퍼포먼스 입찰시킨 리허설
립스틱 안아 눕힐 때

침수에 사념思念 담가보시면
적도의 멀미가 무더위 토해내듯
현무玄武의 입에서
생명의 엽초 나불거린다
장알 박힌 둔덕에
사랑 두 글자 새겨 넣으라

키스 나누는 목소리
풀과 꽃과 냇물의 속삭임마저
살맛나는 향기 잠재워간다
눈감을 일 아닌가
숙명 미소 짓는데
하늘이 저만치 구름 밖에 머물러있다

2023. 8. 2

나찰羅刹의 시간은 빛을 모른다

오지奧地의 어둔 곳에서 태어나
명암의 지켜선 허깨비
그림자 펼쳐 보인 손바닥으로
눈알 두 개 추가로 받쳐 올린다

각질 부서져 내린 계단에서
모공毛孔 절율 케 하던
한숨짓는 숙명은
녹슨 숨결의 질식된 나래 짓이다

전생과 이생 데모의 길에서
풀죽은 하늘 잠들게 하며
조각난 우주도 지켜보게 한다

색이로되 드러나질 않고
바람이로되 만지우질 않는
색상한 별들의 집합이다

극락의 문 언제나 그렇게 열려있듯이…

2023. 8. 3

140

업業

침전하는 공전公轉의 치맛자락에
생각의 점선 물들어있다
허겁 앓는 연민의 변주곡으로
홀씨 감싸고 울어도
능선의 숨결마다
사막의 잔주름 새겨두고 있다

회한의 숨구멍
빈 들 슴새는 소리가
빛의 파문에 별 되어 내리 꼰진다

보람 보이지 않는다
놀빛 부끄럼 스며있듯이
덧없는 발톱부리에
천년지애 망사그리움
기억 상실의 안개로 피어 오른다

2023. 8. 4

각설의 점막에 이름 수놓기

좀먹은 시간 때문이란 걸 알아두어야 했었는데
기다림에 치즈 발린 고독 냉장고에 넣어두며
떠다니는 기다림으로
사람들은 평행우주의 비번 더듬고 있다

환각 다슬었다는 사실 외에는
적막 초싹이는 잠식 다독이고 있음을 몰랐을 것이다
그러나 길은 트여있고
황혼의 색감에 숙명은 옅어지고 있다

언어들 반란이 동력이 된다
논꼬 핥고 지난 습도의 하락세가 어둠 눌러 앉힌다
안개의 눈빛은 이슬을 슬프게 한다

방생放生의 곰팡이가 응고되어
이별이었음을 외면했던 것이다
만남 밖에서 아픔은
잠자리 날개에 빗겨간 망사무지개 그리워하고

잘려나간 메모는 망각에 맺힌 연민 각색해가고 있다

2023. 8. 4

한오백년

그것은 환영幻影의 둘레에서 폭포로 드리웠다가
깃 펴고 날아가는 빛이었다 아픔이었다
발톱 깎는 행각승 남루함마저
싸리꽃 기억 불긋하게 비추면
<그것이 어찌 퇴색의
안개 속으로 윤회 감아쥘 수 있단 말인가>
라고 말씀 닦아세운 날이기도 했다

탁 탁 탁⋯
물풀의 흐느낌 둔덕에 새겨놓고 망각은 보이지 않았다
파도 길들인 실체에서 습새 나오며
눈물의 냄새는 미라 닮은 고독의 흔적이었다
고요가 흘렀다 강물의 입덧도 있었다
실각失脚의 저변에서
어둠 깁스해둔 메신저가 눈굽 찍는 미소였다

2023. 8. 5

선택의 조밀도稠密度

자박자박 밤비 다가서는 소리가
자장가로 적막 덮어주던 날
숨 막힌 생각들이 하나 둘
낙엽 되어 깃 펴고 내렸다
아픔의 수위는 암장 꺼내들었다

이별의 척도가 낱말의 기슭에
토막 난 시간 쓰러 눕히듯
기억은 속주름 펼쳐 보이며
갈피 속으로
어둠의 지축 돌리고 있었다

이슬의 단면, 취해버린 탓일까
지구가 기우뚱 걸어가면서
피안의 향기에 별빛 얹을 때

승천昇天은
놀빛 각색하는 흐느낌이었다

2023. 8. 6

나찰羅刹의 키스

머리털 뭉청 뽑혀있다고 합시다
안질 꺼내어 놀빛에 헹구면
이별 봉합하는 허겁에도
풀 뜯는 소떼들 움직임 보일 겁니다
그 곳에 집 한 채 지어놓고
시간의 미적분 감금하고 싶습니다

힘살의 견인력으로
무지개 그려간다고 합시다
신음도 보슬비로 내리겠지요
참선의 그림자가 내를 건너면
빛은 죽습니다
그러나 환생은 별이 될 것입니다

찢겨진 이쯤사이로
부끄럼 적어둔 이유가
쏴라, 쏴~!
아픔 겨냥하며 달려 나올 겁니다
회한의 역사는 지구의 호흡
바람에 수놓는 작업이라 하겠습니다

2023. 8. 6

어둠의 고독과 그림자를 위한 기도문

바닷가에서 노을 줍는 아이는 손바닥이 빨갛다
등 굽은 나무의 잎새엔 바닷소리가 묻어나있다
멀리 살구꽃 내음 하얗게 부서져 내리며
안경 낀 숲길에 기억의 잘랑거림 걸어두고 있다

주춤 멈춰선 능선의 메아리가 활화산 입구에
망부석으로 응고되어버리면 돛 단 배의 철썩임
눈 덮인 광야의 몸부림으로 세월 조각해간다

유화油畵의 둔덕에 뿌리 내린 구름의 나부낌
사금파리 즐비한 숨소리도 솔솔 슴새 나간다
잘려나간 허겁의 치맛자락엔 부식된 평행우주
지구 한 알 집어 들고 고비사막 달구어간다

기다림은 없다 풀꽃의 긴 흐느낌만 있을 뿐이다

2023. 8. 6

세월아 네월아
말씀의 고간에 입 맞춰보아라

모든 게 거기서 출항을 선보인다
닻줄은 내린지 오래다 그래도 좋은 것이냐
라고 묻지 않아도 안개는
퇴색의 공간 멈칫 거린다
이슬의 사명은 승천하는 것
그러나 발톱 깎는 점선은
탱자꽃 향기로
지평너머 어둠에 뿌리 내리고

아픔아 그래도 좋은 것이냐
라고 다시 물어도
바람은
허겁의 수틀에 순록으로 돋아나고 있다
세월아 네월아
말씀의 고간에 입맞춰보아라
퍼포먼스의 숨 톱는 소리가
고도孤島의 햇살로 부끄럼 덮어 감춘다

그래도 좋은 것이냐
사랑 밖에서 이별 쥐고 흔드는 너는…

2023. 8. 7

147

망설妄說의 번지수

  미안해요 잘못 눌렀네요 라고 하는 언변言辯의 둘러리에서 립스틱 진한 내음새가 쉰내 나는 분말로 고목의 그루터기에 내려앉는다. 그가 누군지 바람은 입 다물고 있다. 이천 공 이십삼 년의 카리스마가 공전 앞세우고 속살 찢어 나붓거릴 때 어둠은 눈 감았다.

  백주에 홍두깨 내밀기~! 또 속곳에 낮달 하나 품고 웃음 달래기~!! 물풀의 속삭임마저 곰삭아 내리는 기억의 저변에 로 걸어가는 용사의 손에는 용기의 서슬이 날 세우고 있다. 몹시 힘들었나보다.

  싹둑 잘려나가는 경쾌한 소리가 하늘 안아 눕히며 커튼 열어젖히고 있다. 미라의 사막에 바다 슴새 드는 메모가 눈 동자에 각인되어 있다. 아라비안나이트가 천년지애 갉아먹 는 음색에 조금씩 부식되고 있다.

  2023. 8. 7

유화油畵의 계단

잔설 녹아내린 비탈진 길에
옛 생각 기울어가고
노래는 나뭇가지에
햇살의 흔적 쌓아두고 있다

하늘 닮은 몸부림마저
전율하는 생각의 점선으로
달빛 수놓으며
구름의 안색 간질이고 있다

파도는 메말라있다
어둠의 실재가
등탑의 존재를 눈뜨게 한다

성엣장 밑에서 빛이
포물선 그려가고 있다
그 속에
추억 닮은 메아리 숨 쉬고 있다

2023. 8. 7

묵默

무엇이 바람을 바람이게 하는가
낮달 뜯어 거울에 비추며 빛 닮은 손가락이 고요를 살찌
우고 있다 연옥煉獄의 입구로 통하는 번민을 별이게 하는 작
업, 기억의 상단에 정박의 항구 장착해주리라

무엇이 사랑을 사랑이게 하는가
아픔마저 립스틱의 회한 받쳐 올리는데 이별 매달아둔 하
늘에 프로메테우스의 사슬 풍화되는 소리로 눈꽃에 스며든
다고 말해도 될까

그러나 아아 정말 그러나
무엇이 기다림을 그리움이게 하는가

조밀도稠密度에 입 맞추며 사내는 바다를 집어 들었고 숨
막힌 지구의 옷고름에 우주의 각질 벗는 메아리는 약조의
기슭 도배해갔다
연결고리가 귀거래사歸去來辭 엿들으며 영혼의 계시 따라
빈 사막 널어 말리고 있다

2023. 8. 9

태풍의 중심설中心說에서

꺼져 내리는 두께를 조준하시라
나이테가 아침 꺼내 닦으면
단열斷裂된 인내의 손잡이에서
이끼 푸른 역사가
문명 핥고 지난다
혓바닥에 기억 굴리듯
착상 고착시켜라
속살 움켜쥔 숨구멍에서
환생은 시간으로 거듭나있다
메아리의 저변 표적의 중심
축제의 어둠마다
무지개 가려 덮을 때
점 점 점…
빅뱅의 세포막 스캔하며
눈꽃은 부서져 내린다
방생放生의 자유가
침몰되는 지구를 건져 올리듯…

2023. 8. 10

무수리의 깍두기

얼큰한 어둠에 곰삭은 기억들
항아리의 하늘 보듬으며 숨 고르고 있다
기다림은 그리움의 시작~!
숙성된 소망 속살 비비는 소리가
둘둘 셋 넷 별 헤는 동안

다섯 여섯 계단 딛는 메아리가
각막의 시간 떨림으로 잔주르고 있다

두근거리는 입덧
회심會心의 손길
인내 집어
탁자에 받쳐 올리는 그 속에

세월 안고 걸어가는 지구의 흔적
파도의 낱말로 슴배어있다
사랑변주곡, 숙명은 스나미로 거듭나있다

2023. 8. 11

안개의 역상도 부서지는 현실이다

새의 부리에 햇살 물려있는 것을 보며 안식 벗겨 내리는 인부人夫의 팔뚝엔 땀이 흐른다. 싸리꽃 닮아있다고 전율에 내력 묻는 아픔도 연자방앗간 전설로 숙녀의 각막 젖어들게 한다.

고기만 준다면사… 사내는 숙녀의 빈 그릇에 고독 클릭하는 멋이 좋았을 것이다. 영시零時의 속살 펴 보이며 '가오 가오 아주 가오…' 놀빛마저 가오리처럼 해저 더듬으며 웃었을 것이다.

오리나무 밑에 오리가 낮잠 자듯이 돋아나는 각막의 메모가 미라의 사막 입 맞추게 한다. 분말의 계단 속으로 바다가 걸어가고 실각失脚의 소망이 다시 발닥발닥 기운 쓰고 있다

인부人夫들 손바닥위로 낮달이 굴러가듯이. 아직 식사는 대기중이다.

2023. 8. 15

모닥불

발등에 돋아난 생각들이 지각에 뿌리내림을 보았는가
고간股間 달아오름에 전율하며 망사수건으로 사막 감싸고
잠자리가 내를 건넌다 눈 많은 고민 구름을 각색해간다
첫인사는 즐거움의 급류에 순간 오려 붙이는 작업이다
간석지 너덜거림이 미팅의 연장선에 입술 뜯어 바치면
난바다 숨결 잦은 이마에 목멘 파도가 깃 펴고 있다
활활 타 번진 적막의 중심에 씨앗의 잔주름 눈뜨고 있다

2023. 8. 15

원혼의 영탄에 붓을 들어라

마디마디 울음마다 피 터지는 사연
바람에 볼 부비며 슬피 울었다
찢겨진 깃발 나부끼는 시점에서
아쉬움은 하늘 빗겨 담았다
이름이 무어냐 묻지를 말자

근원의 수틀에서 빛의 고향
일출의 넉넉함으로 기다림 주름 잡는다
어디까지 오신 걸까 망부望夫의 그림자
어둠이 걸어 나가고 지구가 눕는다

해저 더듬는 사랑으로
놀빛 불사르며 사무침에 악수 나눠라
별빛 돋아나는 색꿈 너머로
오리온 미소가 손 저어 부르는데

고독 길들이는 절규
숙명의 소반에 낡은 사막 받쳐 올린다

웃으라 사랑아
구름너머 메아리가 꽃펴나리니
그것은 햇살의 기억 안고 춤추느니…

2023. 8. 17

가을연정

추락의 잎새 멀어져갈 때
찬 서리 잔등에 얼굴 붉히는 햇살
놀빛 사연 등에 지고 영嶺 넘어 가네

옮겨 딛는 자국마다 고향 묻는 목소리
어둠이 선물한 검은 눈동자로
계절의 빗장을 여네

그리운 사람아 지금은 어디
추켜든 잔속에 세월 담으며
아픔 빚어 고독 쌓는 회한의 강…

순종의 등불로 그림자 비추며
한세상 저 끝까지 걸어갈 수 있을까
잎잎의 날아 내리는 숙명 앞에서

기억이여 종소리여
시공제단時空祭壇에
별 되어 반짝이는 무수리같이
이 한밤 억새의 부름으로 고이 잠들리

2021. 8. 18

역참驛站 계시록

죽은 바다에서 미역줄기가 파랗게 살아난다
시간대의 은유는 겨울의 이미지 오려붙여
가장 은밀한 파도를 입술에 바른다
절단된 기관들에 섬들의 고민이 돋아난다
역설의 검토 속에 우주의 게트림 꽃펴나기 때문이다

씨앗의 구도에는 조락의 성에꽃 몸짓으로
향기 얼어붙게 할 수 있다
빛이고 안개이다가 스스로 승천하는
한 조각 이슬일수도 있다는 느낌

새벽 날개에 망사 늘여 붙인 손놀림이
유추analogy의 속살에 음표 받쳐 올리는 작업이다
숨 쉬는 모멘트로 사유의 각성은 눈뜨고
가장 순수한 시각은 별빛으로
구름에 발톱 박힌 진실을 와짝 등 돌리게 할 것이다

2023. 8. 19

타클라마칸사막엔 늪이 있었다

수위 넘보는 시망막에 허겁 움켜쥔 기억
키스 덮어 감춘 동안에도 부활되고 있다
그러나 죽는다 메탄가스의 방출은
역상 비춰 보인 태초의 아픔을 망각하고 있다

나방의 둔덕 잠재운 공생의 산란기마다
번뇌는 조금씩 향기로 부서져 내린다
방생의 손떨림 우주를 안아 눕히듯
이슬의 각막에 별빛 또한 메아리 각색해간다

가로등 전설이 명암 조율하는 속살이 되듯
능선의 멈칫거림 꽃처럼 달아오름은
간다 간다 읊조리는 갈까마귀 옛 노래가
이슬에 연민 두고 가는 아쉬움 때문이다

2023. 8. 19

제 7 부

새, 새, 새⋯ 동화의 몽타주

헤르만 헷세의 하늘에서 눈 내리고
음표들 주의보가 쥐라기의 가슴 열어도
사념思念의 성씨엔 이름표가
잉크의 색감 감별해둘 것이다
그래도 치즈 발린 빵
익어가는 냄새로 향기 분식해둘 것인가
더듬어가는 담쟁이의 촉수가
나이테에 씨앗 심어 가꾸면

보이 잖는 사막이
묵상 보듬는 연장임을 묵인하면서
안개는 아픔의 대안 향기로 감싸 안는다
갈새의 흐느낌 숲을 깨우듯
가장 순수한 비둘기의 목소리가
우주의 성대에 깃발 꽂아둘 것이다

향기는 전설 그리워하고
밀집된 제단의 길이가 밀어에 포박되어있다

2023. 8. 19

160

산딸기

드디어~! 소망의 불은 켜졌다
상관없이 바람이 불고
또… 햇살의 기다림
응고된 계절 속으로 슴새 들었다

살아있다는 증거가 잎을 나부끼게 하리라는 보증은 아무
것도 없었다 그러나 역시~! 믹스의 시간은 속살 익는 기다
림으로 하늘 받쳐 들었고 구름의 입덧 않는 기다림

오롯이 모여 앉은
번뇌들 행진하는 집합으로
귀거래사歸去來辭 모아두었다

누가~!
말을 하는가
오무린
언어들 부질없음이

점선 부풀린 생채기의 갈망으로 핏빛 속살 꺼내들었고 이
슬 승천의 타는 목마름으로… 계단 열리어있다

2023. 8. 20

이별은
가끔 밖에서 사랑이 된다

워초우~!
그는 중국어로 이렇게 시간을 놀라게 했고 원혼은 반딧불
을 별이 되게 했다
아킬, 아킬레스건… 그것은 워낙 닻줄이었는데, 엘리자베
스의 빵 닮은 휘파람이 일상 길들일 줄은 파장波長 냉각시
킨 빙하마저 그 깊이를 가늠하지 못했던 것이다

섬섬옥수가
표정 조립해가고 있다

중생대의 계곡에서 슴새 나온 마리아나해구의 비명이 에
베레스 산정에 별빛 그림자 드리울 때 툰드라의 가슴 부풀
린 기억은 조락의 아침을 깁스해두었다

워초우~!
언어의 범람, 기다림의 산후조리에 주름 한 장 집어 발밑
에 깔아드릴 일이었다

2023. 8. 20

생生 그리고 죽음의 호숫가에

고요는 머물고 윤회의 사잇길로 아픔 달려가고 있다. 귀
뚜라미 울음소리가 밤 흔들어 깨울 때 껌벅이는 등탑이 어
둠의 둘레에서 별빛 잔주르는 구름 곁을 떠흘렀다. 애완견
푸들이가 신기루에 발톱 박을 때 바람은 고비사막 스쳐버리
고 시집가는 첫날 색시 속눈썹에 눈꽃사랑 이슬로 젖어들게
하였다.

부활의 둔덕에 파노라마의 신기루가 있듯이 입덕의 대명
사는 파도의 속주름 감아쥔 갯바위에 미소 비춰보였다. 물
새 우는 숲가에 나부끼는 비천飛天의 옷자락처럼 기다림은
갈매기 피 터진 부름으로 하늘 멍들이고 있었다.

음색의 연장선, 리시버에 무한리필의 공간 감추어둘 때
우랄산맥 뛰어넘는 한파의 내력耐力으로 숙명은 우주의 계단
냉각시켰다. 녹슨 갈매기 성대聲帶에서 바다가 굴러 나오고
나트륨 원소기호에서 실각失脚의 고뇌가 안개 지펴 올렸다.
그것이 무지갯빛 진로眞露를 환생하는 이유가 된다.

2023. 8. 21

날숨의 둔덕 딛고 생성하는 변주곡變奏曲

염불의 메아리가 독경소리에 앉아 풍경으로 운다
계단의 꼼수, 향대의 연소는 촉수를 감싸고 있다
빈 갈대의 흐느낌으로 고요 흔들어 깨우는 순간이
운판그늘에 잠들어있음을 목어는 되 뇌이고 있다

백공팔배 앞자락에 오로라 지펴 올린 대불의 미소
합장의 상단에 깃발의 함성으로 육자진언 외운다
계곡의 이슬은 어둠이 두고 간 말씀의 씨앗인가
주춤대는 안개의 행적, 고행승 내다버린 가르침이다

침묵하는 산사의 표정이 세월 안고 어둠 달릴 때
대안의 부름소리가 별꽃 피는 새벽에 입술을 대면
절렁절렁 돌아가는 윤회가 쪽빛 세월 노크해간다
시말始末의 접착선에서 향기는 은어로 각인되어있다

2023. 8. 22

계란자위 속으로 스며든 분식의 점막

심심할 때 차 한 잔 마시며 잠언 한 소절 꺼내 읽는다
어둠이 조각나고 물안개 피어나는 소리가 선을 넘는다
존재는 수드라의 밑바닥에 이름조차 망각하고 있다

기억 한 장 집어 낮가림 할까
자갈밭 걸어가는 농부의 손에
숨넘어간 쟁기들 메아리가 부각되고 있다
아픔과 그리움 싹틔우며 순삭의 그릇 받쳐 들고 있다

웃으라 그리고 울어라
내리 꼰진 빗줄기의 담대함으로 여름이 흘러가고 있다
사랑은 언제나 이별의 뒤안길에서
계단 스크랩해둔 풀벌레소리마저 기억 가려 덮듯이

잠언 한 소절 살며시 접어 가을하늘에 매달아둘 일이다

2023. 8. 23

누름틀에서 빠져나온 밀착의 공간

계단 닦는다는 생각은 가지지 말 지어다. 그것은 별처럼 살다 간 이슬의 소망일지도 모른다는 「악의 꽃」일 수도 있음은 짐작 했어야 할 것이다.

바람이 왜 부느냐 묻는다면 놀빛에 내리 꼰진 날개의 투숙投宿에 평화의 분말이 세월 깔아드림을 알아야 할 것이다.

로타리 에돌아 안경너머로 여행 떠나는 개미들 허리에 달빛 비끄러매고 휘파람은 벤치의 기다림 노랗게 잠재워 숙명을 노래 불렀다.

달이 기울면 바람은 싸늘하고
풀벌레 숨소리도
매암의 가을 메모해둘 것이다, 그러나 아아
숙녀의 고간엔
흡착의 아픔을 다시 깎아 넣어야 할 것이다.

그것이 미팅의 수위 조준하는 객주의 진언眞言이었음을 느끼며 숲너머 바다는 새벽을 묵인해두었을 것이다. 굼실대는 역상이 자막 되어 흐르듯이,

아침의 표정에 찰거머리 같은 어제가 꼬불거리고 그림자는 없을 것이라 한다 바다가 다시 일어나 앉을 때…

2023. 8. 24

166

잘려나간 발톱

 광야의 표정 핥고 가는 초원의 공존을 날카로운 송곳니로 씹으며 횡단보도 건너는 사육의 시간 두려워하고 있다
 경계하는 마음은 목가牧歌의 말발굽소리 꽃잎에 얹어두고 물풀 덮인 호숫가의 평화로 립스틱의 하루를 건져 올린다

 그대 가슴에 못 다 나눈 이야기 별꽃으로 파들거릴 때 남루한 옷섶에 향기는 쇼크 되어간다
 촉감의 넌출이 사막 포박해갈 때 담 너머 바람의 숲에 잘랑거리는 아침은 행각승 괴춤에 햇살 매달아두는 손이다

 휴게소 바라 뵈는 먼발치에 꽃물이 든다 무엇이 두근거리게 하는가 어둠 싹트는 소리가 삼십육층 지하에 암장으로 눈뜨고 있다

 2023. 8. 26

유턴하는 계단의 좌초坐礁

하차하는 승객의 꼬리에 유령의 도시가 보인다
달아오른 숨소리로 가시밭 더듬는 어둠마다
새벽 순도純度에 길들어있다
아무 때라도 좋다고 한다
꺾어진 미라의 목구멍으로 일몰도 별이 되겠지
녹슨 별빛처럼 회한의 담벽에 핏빛 그림자
초승달 떠오르면 여행도 떠나시겠지
휠체어 날개에 아픔은 보이질 않고
속주름 사이로 지구가 굴러 나올 뿐이다
촉새의 부리에 싹튼 각막의 깨우침으로
이슬의 단면에도 수림의 호흡도는 그려져 있다
항해의 길에 별빛은 밝고
먼지 낀 구름사이로 날은 절로 밝아오고 있다

2023. 8. 26

168

요리사의 각질이 허공을 비춘다

향기들 소란은 어쭈, 어쭈, 어쭈…
꽃잎에 사막 얹어둔 비법으로
생각의 지간막 전율케 한다
첨가제에도 눈이 있다면
잘려나간 시간은 아파하지 않았을 텐데
누리꾼 계곡에 눈물 고이듯
안녕은 해안선을 입 맞추게 한다

명상의 햇살이
나비의 날개에서 부서져 내린다
아무것도 아닌 손이
아침을 식탁에 올려놓고 양념 뿌리면
우주의 생성기엔
팔딱이는 나트륨 닮은 속주름

숙명의 기다림은 언제나
고독에 연장선 긋는 그리움의 시작이다

2023. 8. 27

아날로그의 견인력

으깨진 항아리의 피 흐른 시간이 놀빛 원흉임을 안다. 가장자리에 기억은 눈뜨고 있다. 가끔 조락의 아침이 숨 막힌 사연 쥐었다 놓는 사이 숙녀의 속곳에 달은 기울고 이슬 굴리는 소리마저 싸리꽃 계곡에 별빛 되어 흐른다.

기다림 덧칠하는 수위에 약조의 함금량, 구르몽시인의 「시몬」 앞치마가 고독 감싸 안을 때 사후伺候의 세계는 지구의 단면에 사랑 두 글자 적어 넣을 것이다.

아픔이라 탓하지 말지어다. 황홀한 내장공간 훑고 지날 때 한적한 오후는 잔혹한 이별에 손톱 박는다. 꽃멀미 유배되어가는 나깨흙에서 가리비의 전생은 무지갯빛 천년침묵에 입술을 연다.

철썩 또 처절썩, 그리고 헉, 어헉~! 물결의 꼬리표에서 파도 부서지는 접착의 공간을 하늘이 메모해두고 있다. 다시 봄 같은 봄이다.

2023. 8. 28

훈민정음

소리의 하늘에서 언어들이 눈꽃 되어 날아 내린다
음과 음의 조화 속에 바닷물 들이킨 사막의 용오름
시공터널 회음벽에 별빛으로 투사投射됨을 느끼며
바람의 숲에 지구를 안아 눕힌다 밤은 깊다 그러나
계단 딛고 오르는 획과 받침의 은혜로운 역사유가
태초의 둔덕에 메모된 우주의 깊이를 올려 세운다
성씨와 이름의 자오선에 세종대왕님의 꿈 눈뜨고 있다
닻을 올려라 행해의 길은 멀고 새벽이슬 녹슬어있다
길과 여울의 나들목에 놀빛 비끼는 그 순간까지
바위섬 다독이는 파도로 한세상 춤추며 갈 일이로다

2023. 8. 28

목각인형과 마술사의 하루

가을의 서늘한 눈초리에서 낙엽의 향기 익어가고 있다
불 밝힌 산자락마다 조락의 아픔 나부끼는 회한의 순간들
순록의 옛 노래 떨며 만지며 에메랄드 각색해가고 있다
멀리서 들려오는 눈꽃의 색 바랜 기억들 옷 벗는 메아리
못 견디게 그리운 애모에 파도 한 자락 걸어놓는다
천일야화 걸어 나오고 각막의 부리에 마법 싹트고 있다

2023. 8. 28

가을 길목에 저승꽃 피다

초야의 등불은 바람에 불리고
긴 그림자의 한숨도 성에꽃으로 얼었다
별빛 흔들리는 어둠의 갈림길에
촉감 안고 가는 바람의 손
초토의 이역에서 빈 사막 갈고 닦는다
배고픈 충만 비춰 보이며
노옹老翁의 가르침으로
숙명 잔주르는 플래시의 은어들
한 서린 정표마저 번쩍 또 번쩍~!
이별의 둔덕에 망부석 돌려 세운다
가신 님 소식은 망각 천만리
공전하는 우주는 바람벽이다
침몰된 환생의 숨소리가
명멸하는 잔인함으로 슴새 나온다
고향은 멀다 아득한 전생 깨어나듯이…

2023. 8. 28

173

명상의 갈무리에 노크하는 현실

가장 침울한 표정으로 어둠 물러간 자리에 새벽은 깨어나 있다. 이슬은 아침을 위한 언어들의 흔적, 그것이 승천하기까지 햇살은 누리에 입맞춤 멈추지 않을 것이다.

산들바람 계단 닦는 소리가 잎 되어 나붓거릴 때 윤회의 하늘 열리고 메아리는 숙성의 사립을 연다. 산배머리 감돌아 먼 바다로 흐르는 냇물의 잔등에 꽃비 내린다.

지구의 단면으로 개미 걸어가듯이 숙명의 달빛은 구름너머에서 입덧 메모해두며 안식 싹틔우는 약손 보듬고 있다.
놀빛 탁본으로 순도純度의 공백 역상에 새겨 넣는다.
밤은 다가서고 도적고양이처럼 발별발별 어둠도 다가서고 있다.

보이십니까, 똑똑똑… 메마른 구호들이 배꼽 드러낸 낙엽으로 유리창에 말라붙어 있다.

2023. 8. 28

아픔에 입 대본다는 것

교각의 흔적으로 수십 세월 지탱해온
전율의 과거사가 가슴에 흘러들고 있다
계동다리 소음너머로 눈길 돌리며
여자는 빈 의자 끄당겨 앉는다

장맛비 수위가 삼복 넘쳐났다지요
그러면서 여자는 남자의 하늘에
달이 되고 싶었다
깁스의 시간은 기다림 눈뜨게 하지만

진찰실에서 점적點滴도관 타고 내린
별빛 싹트는 소리가
먼먼 별나라 숙명 꽃펴난 곳에
이역 외딴 곳 홀씨로 눈뜨고 있었다

건설현장 추락사고는
남자와 여자의 하늘을 진찰실에
감금해둔 요인이었다 그날은 봄날이었다

2023. 8. 30

가을비

그냥 갈 거만 아니겠지요
그러실 거라던 말씀이
토막토막 잘려나가는 모습을
눈물로 적어 내려가다가
창 노크하는 소리에 깨어났지요

코스모스 옛 기억에
껌벅이는 불빛도 젖어있어요
다가서는 속삭임처럼
당신은 새벽을 떠나갑니다

이별 흔들어 보인 죄목으로
슬픔 표기해두며
모르핀 주사용액처럼
사랑은 흘러들고 싶어 합니다

그냥 갈 거만 아니겠지요
라고 감히 물을 수 있는 것도
상기 그대를 사랑하기 때문입니다

2023. 8. 31

숙명의 조율

빈자의 하늘 속으로 이슬 딛고 가는
발꿈치가 아픔 눌러주는데
조곤조곤 숨 쉬는 시간이
순례자의 덕목 꺼내 비춰 보이며
놀빛 그리워한다

지각의 두께에 옻칠 물러나듯이
각성의 계율에 향기 감싸주시라

허겁의 순간이
상고대에 안개 못박아두느니
순백에 용서 한 접시 수놓을 일이다

발닥발닥 살아나는
밤의 풍화작용
갤러리가 무너져 내릴 때
미아의 별빛은 잔인한 눈물이 된다

2023. 9. 1

마케팅공략

잘려나간 그릇엔 무얼 담아야 하는지
촉감은 튤립 한 송이 내밀어본다
좌초의 눈물에 씨앗의 탈중심
기침소리는 뜬구름 건네지 못 한다

빗나간 호기심은 밤 꿰지른 별빛인가
절대로 눈길 마주치지 말 지어다
한恨의 절경에서
깨우침은 총망히 화장 고쳐야 한다

아침은 착각에 옷 입힌 시작
한사람의 얘기가
두 사람 세 사람의 얘기로
다섯 사람 여섯 사람 깨우며 걸어가고 있다

2023. 9. 1

금전과 햇살의 방부제

창백한 무게를 들었다 놓는다
삼천하늘 그 숲에서
송학 날아예는 소리마저
전생의 온기로 태초의 아침을 열면

풍화에 촉수 뻗는
개선凱旋작업은 공해의 사명에
별빛 심어 가꾼 살인미소이다

가야 하느니,
경사도에 기점 박는 것
환생에 가면 씌우는 짓이지만
낮말은 새가 듣고 아픔은 죽는다

유산의 숨구멍에 각서
틀어막으면
날개 서러운 펭귄은
남국 거리에 복면 쓰고 눕는다

2023. 9. 1

아직 삼복은 무르익을 것이다

물 한모금의 사랑으로 만날 수 있다면 사랑은 슬픔 불사를 것이다. 그 여름의 싱그러운 숲길은 순례자의 숨결 수놓는 천사의 입김일 게다.

아직도 그대의 정원에는 향기로운 나비 나풀거릴 것이고 상수리나무의 정열은 감히 그 이름 그리움이라 부른다. 활짝 펴 보인 꽃밭인가,

에메랄드 순정에도 기다림은 소망의 하늘 닦아가는 겸허한 거울이 된다. 계단 오르내린 기억 있다면 그것은 못다 부른 벌새의 노래일 것이다

2023. 9. 1

갓 사이로 내다본 으악새

타자의 언덕에 구름으로 머물다가
계곡의 물소리에 입술 적시며
허공 적시는 능선으로
도꼬마리 군락지는 함성에 으깨져있다

풍경으로 열매의 하루 달게 씹어도
사막 안고 가는 지척에는
안개의 난삽, 난바다 퍼 나르고 있다

숙명의 질화로에 달빛 익혀두어라
물망초 몸 져 눕는 파문마다
공존의 오존층에 구멍 뚫린다

도깨비 기왓장 번진다고 했던가
"여우야 여우야 밥 먹는 중…"
노래마다 전생 흘려버린 흔적들이다

2023. 9. 2

상고대의 전설에 낙인찍으며

사랑은 그리움과 기다림의 실천이라고
놀빛 이름 적어 넣어도 밤은 어둠을 안고
무악 살풀이에 속살 꺼내 닦았다는 거
그게 바로 아픔이고 이별이라며
별빛마저 안개의 점막 보듬었다는 거

가끔은 아주 가끔은 그래도 무소불위
라고 말해두어도 웃어주었다는 거
고독과 슬픔의 기호 잘린 접경지에서
푸들어가는 에메랄드 하늘이
정표 주고받는 메아리의 각본이라는 거

그 모든 것의 기억 속에서
두께와 깊이는 햇살의 진언 삼켰다는 거
우주의 모퉁이에 자줏빛 계단
깁스의 하루는 공전으로 잘랑거리며
독경하는 찬란함에 초점 맞추었다는 거

2023. 9. 3

제8부

아수라의 연장선

낡 투의 저녁시간 볼 붉힌 사연으로
별빛 모록이 담아들고
강강수월래…
아낙들 옛 노래 짓씹어본다

물안개의 촉감으로 누淚의 흔적 닦으며
접생의 절규 헤드라이트로 비추어준다

꾸냥 그리고 쑈제 그담엔 아가씨
부르는 말은 달라도
여자는 그 허기진 광야 지나야 했다

겨울의 품목 골라두는 사이
지구의 재생시술은
럭비공 출입구로 세월 끌고 나간다

햇살의 회고록…
무조건 거리는 부풀린 견증자로서
시간의 옷섶에 놀빛 향기 빚어두고 있다

2023. 9. 3

아침을 열어 보아라

발설하는 카타르시스는 그리스 언어로
시유의 공간 비춘다고 한다
그게 그래 라고 하며 담배 피운 진실에
어둠은 역점 찍는 그늘 눈감아버린다

외딴 섬 하나에 전설 한 접시
얹어주는 사랑은
받는 기쁨보다 찬란하여라

기상천외 천하일미 앙드레 브루통…
아무렇게나 주어 붙인 언어이지만
기억의 난삽에 꿀향은 반짝거리고

어데서 왔는가
바람 싹트는 소리가
놀빛 빈잔 받쳐 올린다
압침 박는 거리에 아픔은 없다 아느니…

2023. 9. 4

반딧불 기억은 늪을 느껴주지 않는다

다가서는 새벽에 이슬 받쳐 올리며
밤 물러선 자리에 고요가 흐른다
탈주하는 햇살의 견인력에서
좀비의 미소는 낙석의 언어 베껴두고 있다

사랑 찾는 각시탈 음성에서
뭣 하자는 것인가
꿈길 걷는 귀거래사 각질 벗는데
수심 깊은 허겁에로 바다는 걸어 나간다

하늘 멍들어 간다
낙엽에 이름 새겨 넣는 가을조차
지각의 판도에 고비사막 끌어 올린다

뭣 하자는 것인가
역상마다 누적의 착시에 돌탑 쌓는데
쉬어버린 시공터널에 아픔이 싹트고 있다

2023. 9. 4

186

허와 악수 나누며 길을 물어라

홀씨의 선언이 무엇인지, 적선 나불거리는 바람의 혓바닥에 호두알 영근 내력마저 이슬로 돋아나 있을 것이다. 지켜보는 파도의 음성은 구름이 듣는다고 생각이나 했을까.

눈 내리는 어둠 노크하는 시선 응고되어있다. 바닥재의 헐거운 여력으로 마법의 하늘 열어젖히며 시간은 쥐라기의 단풍든 전설에 낙엽 묻어둘 것이다.

물안개 싹틔우는 동아줄에 해와 달 그리고 마리아나해구의 흑색 뉘앙스마저 포박되어 있다. 충격의 외래어가 석탑 지킨 사리舍利의 공간에서 붓다의 가르침 다독여준다.

성숙 밖에서 숙명 골라잡는 툰드라, 그것이 궁금해서 그는 입 다물었을 것이다. 거품 섞인 커플의 녹슨 하늘 멍들어 있듯이.

2023. 9. 4

천고마비의 경계선에서

달리는 세월에 깃 달아주어라
언약은 볼이 붉었다
잎 찢긴 눈꽃의 전주곡에
구름은 속살 꺼내 보인다

밤하늘 별들이 깜박이는 건
그대가 멀리 떨어져있기 때문이다

다가서는 계절이
메아리의 꽃향 받쳐줄 일이다

인내의 견고함으로
먼 길 떠나는 허리마다
새벽의 숙명 안고 새날 맞는다

높아가는 하늘이 깃 펴고
내려앉을 일이다
조락의 꽃잎은 햇살에 거듭나있다

2023. 9. 4

9월의 하늘아래

바람 익어가는 소리 들었다
산자락 무릎 꿇을 때까지
그는 두근거림 일으켜 세웠다
그리움이 파도 꺼내들었다
덩치 큰 사막 걸어 나오고
불이 켜진다 낙엽의 노래

단풍 받쳐 든 주소에
안개는 지척을 주춤거려도
가자 가자 가자~!
조락의 음표들 눈뜨고 있다
기다림 밖에서
성숙은 잔주름 골라내고 있다

2023. 9. 4

상처는 그늘 속으로

별 되어 떠있는 미네랄 성분이
유혹 넘어설 때
낙서의 하늘에 반란 꽃피우고
새벽이 지구를 감싸며
아침 몰고 먼 길 떠난다

낡은 피아노소리가
불 지핀 원흉으로 낙인찍히면
자오선의 풍화가
놀빛 기억 토설해버린다

녹슨 하늘 귀퉁이에서
손톱 박으며
파도 잃은 분수령이
함성으로 늘 각본 뜰 뿐이다

2023. 9. 5

실각에 입자 맞추기

과분의 흔적 노출시킨
숙지황 줄 세워둔다
중심 잃은 파도의 점프처럼
발설은 속내를 알아버렸다

삐딱이는 히프의 순도
최초의 가시로 점막 뚫으며
안식의 조화 바로 잡는다

햇살의 부착음에서
돌아올 거라고 춤출 거라고
해안선 눈뜨고 있다

얼마를 더 웃어야 하나
거리의 소음이
반색하며 달려 나온다

판도라는 자물쇠를 잃었다

2023. 9. 5

조화의 씀바귀는 꽃으로 핀다

고도孤島의 숲 밀어올린 해저의 안간힘이
석양 물들인 바닷물에 풍선 되어 떠있다
진득 진 일상의 희망 속에서 매듭 풀린
갯바위 신음조차 파도로 어둠 밀고 다닌다

얼마나 많은 속삭임이 주름치마에 새겨졌을까
바람은 세월의 속곳 들어 올리며 웃었다

연민의 손톱눈 발밑으로 빠져나가는
회한의 동안에도 눈꽃은 향기 찢겨나감을
잊지 않았다 그게 구름의 속내임을 알았다

해안선 굽이 진 백사장에서 사금파리는
어둠 토해내는 빛 고운 세상의 각본이었다
지구 한 알의 무게가 전생의 길목에
잘려나감을 메아리는 안다 그게 눈물의 몫이다

2023. 9. 5

다시 담쟁이에게

폐포의 줄기마다 각성하는 표정으로
꿈빛 저변에 바람 되어 흐른다
안개의 두근거림으로
지구의 단면에 입술을 대고
입찰문명 기원에 햇살 덧붙여본다

생명의 흔적 내려앉듯이
기억 묻은 회음벽 진맥해가시라
태초의 아침은 빛의 존재를 잊었다

하늘 열리고 바다가 눈 뜰 때
눈먼 사랑은 시간 더듬어간다

관자놀이가 쥐라기의 전설로
현무玄武 간질여 깨우면
오로라의 풍경으로 보이지 않는다

2023. 9. 6

가능과 불가능

햇살의 깊이에 척도의 손가락이
가을 한 자락 오므리고
낙수대落水臺 무너지는 발상으로
낙타의 사막 걸어가고 있다

바람 부는 날엔 왜서
수림의 착시현상에
해류의 온난화 경계해야 하는지

그 먼 아침에서 저녁까지
히브리어로 된
성경에 별 뜰 때까지
손바닥은 장알 길들여갔다

멍든 하늘이 주름 잡는다
빅뱅의 시간 거슬러
시작에 땡볕 심어 가꿀 일이다

지구가 걸어가는 한
아픔은 악수를 멈추지 않는다

2023. 9. 7

그 꽃은 나를 보고 있다

수돗물처럼 슴슴한 기다림으로
바람이 거리를 오르내릴 때
「원쑤의 허리를 가로 잘라…」
꿈말 같은 낙엽의 언사를
가을이 이슬에 새겨두고 있다
좀 아프기는 했을 꺼야 나처럼…

곁에서 속살거리는 결 고운
무아無我의 존재로
부름은 천문天文 관통해간다
조율의 추락에 입 맞춘
그 암갈색 기억 추스르며
가끔 놀빛마저 지켜보고 있다

좀 떼어 닮은 것이 있었나
이방인 옷자락에
때로는
아픔도 청자靑瓷의 사랑이 된다

2023. 9. 7

물

　어둠 발설에는 소리의 순간들이 점 점 점 엉켜 붙는다.
입자粒子이기를 갈망했던 것은 먼먼 태고의 사랑이었다. 먼
지는 주소대로 스며들지 않을 것이라 예언하기도 했다. 손
톱눈에 끼인 기사처럼 결 고운 꾀꼴새 목청에 방울 달아두
는 건 즐거움이 아니었다.
　여인이 있었다. 자궁에서 행성의 객체가 양수羊水에 매달
린 자양분에 흡반을 댄다. 아픔은 없다. 빛살의 역모만 존
재를 각색할 뿐이다. 천만 고행 에돌아 승천하는 은근함으
로 지구를 감싸는 그 너른 운무가 H_2O로 거듭나는 것이다.
　바다의 게트림이 사막으로 용해되어간다. 역상은 언제나
녹아드는 슬픔이고 그리움이다. 프로메테우스의 밤이여 만
세, 그리고 담배 피우는 아침인사가 컵 하나 받쳐들고 있다

　2023. 9. 7

흙

침묵이 갈앉아 땅이 되었다
반고盤古의 노을에서
생각이 하늘이 되고
뿌리 내린 시간의 집착~!
그것은 역광으로
오미五味의 끈 매듭짓는 일이었다
발아되는 별빛 안고
한 서린 집합들이
허공의 무게 짓누르고 있다
냉각된 현실에서
나트륨 돋아나는 소리
낱말의 알갱이는
지구에 딱지 붙이고 있다
메아리에 각본 뜬
명암의 계율이
힐링의 아침 조율하고 있다

2023. 9. 7

산사의 계단에서 미아를 보다

잎 만지고 간 흐느낌의 절벽에
안식 간질이는 절규가
천손의 사랑 읊조리고 있다
관자재보살님
그 보드라운 살결이
계곡 덮던 날
산새는 **뻐꾹 뻐꾹** 빛을 노래 불렀다

해와 달의 배회로
손과 발의 만남
소망의 그림자 돌려세우듯

풍경風磬 낯선 동네에서
행각승 옷자락은 유언으로 남는다
별빛 깎아 맞추며 이별, 눈 뜨고 있다~!

2023. 9. 7

기다림은 어데서 오는 것일까

벽을 뛰어넘어 꽈리 익는 소리가 들을 덮는다
구름에 앉아 내려다보는 눈꽃의 표정 창백하다
기억의 향기는 꿈같은 만남 슬퍼하느니
미소의 흐느낌은 오늘도 젊음의 고독 읽는다

뿌리 깊은 샘터에서 밤빛 어제를 소각해버리고
전생의 윤회 속에 바장이는 세월 본뜨고 있다
이 세상 어데 간들 소쩍새 울지 않으리오
안개의 둘레에서 바람 따라 깃 펴는 홀씨

돌아보면 그 곳엔 갯바위 모습도 못 박히리니
움켜쥔 파도의 연륜에서 다시 벽 뛰어넘으며
사랑의 진언에 등탑의 청춘 깨어나 있다
낯선 도시의 부름, 바다를 끌고 내 앞에 서있다

2023. 9. 7

맞선 보는 난센스에 망각은 없다

무릎 아래로 치마 끌어내리는 손가락에 24K 다이아몬드 반지가 눈 딱 부릅뜨고 솟대의 흔들림 조준하고 있다. 소낙 비라도 한 줄금 내렸으면 좋으련만 남자는 삼복을 조심스레 집어 찻잔에 띄워놓고 훌훌 불며 생각을 마신다.

「어케 왔지예?」라고 물어도 되는 것인지 뒷짐 지고 방 안을 거닐며 시간이 두근거림 뽑아내어 가슴에 비벼대고 있다.

삼복에도 눈이 내린다면 믿겠습니까, 남자가 물었다.
겨울에도 비는 내린다고 하던데요, 여자가 대답했다.
북녘의 오로라는 지구 감싸고 있겠지요, 남자가 말했다.
남극 펭귄은 날개가 서럽다고 합니다, 여자도 말했다.

갑시다 그러나 어둠의 각질은 손톱눈에 끼인 밤을 두려워 합니다. 곁에서 바람도 한몫 끼어들었다.

와렌까, 나따샤, 레윈 제니, 좨크, 그리고 산타 마리아…
질서 없는 이방인 이름들이 팸플릿 하단에 숨죽인 속삭임 나붓거릴 때 미팅의 시간은 구름 너머 지구를 제각각 굴려 가고 있었다. 매파의 부름은 사전예약 대기하고 있다.

2023. 9. 8

천고마비와 코스모스의 분계선

간밤 별들 놀다 간 자리에 기억 닮은 이슬이
투명함 꺼내어 흔들고 있다
핀셋트로 집어 올린 눈물 한방울에도
음성 메모의 갈무리가
젊은 날의 초원 돌려 세운다
실각의 아픔 감내하며 피안에 입 맞추는
어부의 팔은 길다
닻줄 내린 팔뚝의 슴슴한 기다림같이
멍든 허공에 그리움은 나붓 거린다
사랑 닮은 연민 꺼내어 거듭 닦으면
고향은 고비사막 조바심에 귀 열어둘 뿐이다

2023. 9. 8

훈제된 시공의 충만
－그 사잇길로 음악 걸어 나온다

안경너머로 오리온성좌의 부름이
파도로 엄습해온다
표류하는 상단의 실적이
삼복의 허리에 각질 붙인다

돌아보면 아득한 별빛인데
쬐고만 두발이 언덕위에 서있고
생각의 구름 안고
세월이 어둠속을 달린다

사하라사막의 모래바람으로
바다를 갈앉히는 작업
역사의 시추탑은 암장 끌어올린
지도로 냉각되어있다

캡 눌러쓴 가을이
산중턱에 비문으로 버티고 있다

2023. 9. 8

역행

저녁의 거리로 달려 나가자. 수척한 어둠이지만 낱말에 가로등에 매달아두자. 바다여 사막이여 잘 있느냐. 시조새의 발톱으로 숙명 긁는 애절함 잠재워가듯 늙수그레한 적막도 돋보기 추스르는 틈 사이로 조금씩 커가고 있다.

동행이지만 저승꽃 그림자를 안개는 결코 감추지 못한다.

잔 들고 미소 지으며 새벽이 서서히 다가서고 있다. 아픔의 대명사는 고통 앓는 윤회의 보너스로 급부상할 것이다. 스나미는 어찌할 수 없는 존재의 물이었다. 그리고 진한 핑크색 잉크였다.

2023. 9. 8

용오름에 발톱 박는 저 먼 찬란함이여

귀천의 진실이 허위의 둔덕에 깃 펴는 것을 어둠은 지켜 보고만 있은 지 오래다. 그 눈길 하나하나를 별빛이라 이름 지어 불릴 때까지 세상은 계단 꺼내 닦는 바람의 서툰 작동에 입 맞춰야 했다. 갈새의 흐느낌은 이끼 덮인 바위의 속 주름을 슬퍼하기 때문이다. 귀거래사歸去來辭 주고받는 하늘의 마음, 구름이 안고 먼 바다로 흐른다.

이제 해 솟는 나라로 운명은 걸어가고 있다. 시간을 타임이라 부르던 시대의 벽을 넘어 무수리의 하늘엔 자줏빛 아픔이 꽃잎으로 부서져 내릴 것이다. 그 치열한 향기에 손톱 박고 전율하는 모질음, 길 잃은 이방인 말씀은 글귀마다 별 되어 다시 소각되는 자정을 감내할 것이다. 아침의 빈 잔에 다시 사념思念이 넘쳐흐른다. 아득한 밤이다

2023. 9. 9

204

출항 서두르는 좌표의 과녁

글귀가 약조에 미소 드러내던 날 '아프게 더 아프게…'
라는 발음엔 무지갯빛 두려움도 섞여있었다. 바람의 지청구
에 시간이 반목하던 날, 그날은 하늘도 멍들어 있었다.

담배 한 대의 길이가 상산 조자룡의 창검보다 못하다는
도리는 누구나 아는 진실, 가슴 아픈 날은 참고 견디라는
푸시킨의 시구에도 이슬의 승천엔 믿음의 끈 드리워있다

'그렇게는 안 되지 절대 안 되지'
여울목 에돌아 시간이 조용히 물러나있고
'아프게 더 아프게…'
나들목에 깃발 꽂는 소리가 사푼사푼 눈 되어 내린다

사막의 목멘 갈망 낙타방울 흔들어대듯이 겨울 빈 잔에
햇살 내려와 앉으면 잘 익은 사랑은 망각의 술이 된다

2023. 9. 9

상징의 숲

무아경 넘나드는 깨우침 각인되어있다
구멍 난 어둠에서 유령들 슴새 나가는 소리
명암의 드라미 상영하는데
잔인한 아픔은 황천의 나들목 받쳐 들고
계단 닦는 오늘 기록해둔다

귀향의 노래는 석양에 깃 내린 핏빛 전설
보듬고 있어도
저승꽃 자욱한 향기는 허깨비 수틀에
눈물 수놓으며 미로의 언덕 불 밝혀준다

각설의 이미지에 언어의 숲 설레듯
해저 더듬는 비천의 멜로디가 눈뜨기 때문이다

2023. 9. 9

새벽비

존재 여부를 확인하는 것임을 안다
생각의 하늘에 가슴 묻고
조용히 입 맞추며 왔다가
떠나가는 바람처럼
속살거림으로 시간을 어루 만진다

존재는 항시 부서지는 아쉬움
이별에 악수 나누는 사랑의 미완성

가슴 쥐어짜는 처절함마다
줄 끊어진 눈물 흩뿌리고 가는
첫사랑 뒷모습처럼
하루의 시작 흐느끼며 노크하고 있다

2023. 9. 10

낙찰의 시간까지

아픔의 절경에서 이별은 별빛 사랑이 된다
눈물의 깊이에 빨대 꽂는 하루는 길다
무지개의 전생이 소낙비 몰고 영嶺 넘어 가면
백일홍 꽃잎엔 이슬이 햇살 모아두고 있다
다시 새벽 오면 기다림은 미소의 천사가 된다

2023. 9. 10

질서의 로터리에 굴렁쇠 굴리기

지금 누가 지구를 간질이고 있다
돌틈 사이를 빠져나가는
송사리의 꼬리에 불이 달렸다
어둠 녹아 흐르는 피라미드 침묵이
상고문명을 각색해가면

암장의 착각에서
남극대륙, 북빙양에 갈앉아버린다
숙녀의 가슴이
홀아비 일상 묵살하듯이

침전된 우주의 뒤안길엔
빅뱅의 아픔 서성거린다
찰나의 순간 받쳐 든 고온현상
날개 설운 펭귄의 전설 점 박혀있다

2023. 9. 10

복합상징시의 가능성과 존재이유

김현순

1. 복합상징시에 대한 정의

복합상징시란 상징의 복합조합으로 화자의 영혼경지를 그려낸 시문학작품을 가리킨다.

인류사회에 문명이 개입되면서부터 인간은 상징을 동반하였고 그것은 예술로의 승화를 거듭해왔다.

자신의 심성에 걸맞는 인간의 표현은 단순한 직설로부터 은닉, 굴절, 에두름의 표현을 곁들여가며 자신의 품위를 높이게 되었다.

가령 함께 식사를 하다가 불시에 뒤가 마려워 화장실에 잠간 다녀오고 싶을 때 사실 그대로 직설하여 버린다면 우아하지 못하다. 그럴 땐 "잠간 실례하겠습니다만 화장을 고쳐하고 오겠습니다."라고 표현한다면 장소의 분위기를 흐리지 않을 수 있는 것이다.

언어의 생성과 더불어 상징의 개입은 인류문명을 날로 높은 차원에 끌어올리고 있다. 인간은 언어와 기호를 통한 정감세계를 세상에 전달함으로 하여 공감의 세계를 열어가고 있는 것이다.

위에서 언급했다 싶이 상징은 문명에로 통하는 건널목이며 그것은 예술로 승화되는 지름길이기도 하다. 상징은 세상으로 하여금 심미적 자극을 느끼게 하며 그것은 또한 흥분을 오르가슴에 끌어올리는 필수적 계기로도 된다.

상징예술을 통한 아름다운 자극 속에서 향수를 누리게 하는 것, 그것이 예술의 사명이다.

복합상징시는 상징들의 복합적인 조합으로 이루어지는데 여기서 제기되는 상징은 이미지로 표현이 된다. 이미지에는 기성이미지와 변형이미지가 있는데 여기서는 변형이미지표현으로 그 사명이 실현된다.

화폭의 이미지, 소리의 이미지, 감각의 이미지, 스토리이미지, 이념의 이미지, 선율의 이미지… 등 각종 이미지의 유기적인 조합은 화자의 경지를 그려 보이는데 무조건 언어라는 기호를 통하여 구성된다는 것이다. 때문에 시는 언어로 펼쳐보이는 화자 영혼의 그림이라고도 하게 되는 것이다.

고대 그리스의 철학자이고 소요학파의 창시자이며 서양고전시학의 분수령을 이룬 아리스토텔리스(B.C.384~B.C.322)는 시는 이미지로 감동을 안겨주는 언어예술이라고 하였으며 스위스의 언어학자 소쉬르(1857~1913)는 "언어기호학"에서 시는 언어라는 기호로 펼쳐보이는 화자 정감의 화폭이라고 말한바가 있다.

그러나 붓끝에서 그려지는 경지는 시인의 실재로 존재하는 현실세계가 아닌 현실밖 또 다른 현실 즉 가상세계인 것이다.

복합상징시에서 다루게 되는 그 가상세계는 단지 변형으로 이루어진 이미지들 조합이 아닌 환각의 무의식공간 즉

211

무아경에서 영혼이 점지해주는 계시를 이미지로 전환시켜 그것을 다시 변형이미지의 조합으로 세상에 펼쳐 보인다는 데 그 의의가 있다.

때문에 복합상징시는 그냥 상징들 복합조합이 아닌 영혼의 경지를 팝아트(1950년대 후반에 미국에서 일어난 회화의 한 양식)의 기법으로 펼쳐 보인 예술이라고도 할수 있다.

복합상징시가 국제적으로 새로운 유파로 두각을 내밀 수 있게 된 근거는 진화론과 해체론, 상태론과 구조론에 기초를 두고 있으며 이차원(異次元) 영혼의 경지를 다룬다는 데서 그 의미를 지니고 있다고 해야 할 것이다.

2. 환각으로 펼쳐 보이는 영혼의 계시

인간에게 있어서 오감(五感)은 세상을 인지해나가는데 있어 필수적인 요소로 된다. 하지만 이 오감 외에도 인간은 예감에 대한 중시를 자고로 멈추어 본적이 없다.

미지의 세계에 대한 추측은 예감에 의하여 이루어졌으며 이것은 무속현상으로 그 양상을 드러내기도 하였다.

정신분석학의 창시자인 오스트리아 프로이트(1856~1939)는 그의 저서 "꿈의 해석"에서 인간의 본능은 잠의식의 표현이며 꿈은 현실에 대한 재연 또는 미래에 대한 예측의 기능을 가지고 있다고 피력하였다.

그렇다면 그 꿈은 어데서 오는 것일까. 그것은 인간의 영적 자기마당에서 보내주는 에너지가 환각의 계시로 전달되는 것이다. 그 계시는 또한 내함의 직설로 전달되는 것이 아니고 변형의 양상으로 전달을 이룩하고 있다. 그럼 그것은 또 왜 변형의 전달이어야 하는가? 그것 또한 수수께끼가 아닐수 없다.

조선 선조 때의 학자 토정 이지함선생(1517~1578)은 토정비결에서 총론 전부를 알똥말똥한 상징으로 펼쳐보이고 있다.

이를테면 "천뢰무망(天雷無妄)" 괘에서는 이렇게 말하고 있다.

막근시비(莫近是非), 세우동풍(細雨東風), 허화만발(虛花滿發). 입시구록(入市求鹿), 불견두족(不見頭足), 일인경지(一人耕地), 십인식지(十人食之)

이걸 그냥 보면 무슨 뜻인지 해독하기가 어렵다. 직설이 아닌 상징이기에 그 뜻은 오랜 경험을 누적하였거나 지적인 사람만이 가려볼 수 있게 된다.

자고로 앞날을 예측하거나 우주의 비밀을 제시해주는 계시는 다 이런 식의 은어(隱語)를 사용하는 것이 관례로 되고 있다. 그것을 꼬치꼬치 캐어묻자면 "천기누설 하면 안된다"는 게 답이었다. 무속인들은 그냥 뇌리에 비친 계시를 그대로 전달하기 때문이란다.

그럼 왜 그렇게 되는 것일까.

인간은 왜 허다한 수수께끼 세상에 갇히어 사는 존재가 되는 것일까.

인간은 어데서 왔으며 또 어디에로 가는 것인가. 육체에 영혼이 부착되어 이 땅에서 육신의 생명이 끝나는 순간 영혼은 또 어디에로 가는가.

이와 같은 수많은 물음을 해독하고 터득해가는 것이 인생

이기도 하다.

그 깨달음은 세상이라는 보이지 않는 커다란 질서에 의하
여 계시를 획득하는 것에서 이루어진다. 누가 그 계시를 던
져주는 것인가. 영혼인 것이다.

각자 육체에 부착되어있는 영혼은 이 세상의 질서를 부단
히 환각의 양식으로 인간에게 비춰보이고 있다. 하지만 인
간은 그것을 홀시하거나 아예 무시해버리는 경우가 많다.
시시각각 환각으로 그 양상을 드러내는 영혼의 계시, 그것
에 대한 포착과 그것에 대한 영감(영혼의 감각)의 가르침에
따라 거듭되는 재조합 과정에서 새로운 질서를 찾아내는 것
이 바로 깨달음인 것이다.

그렇게 획득한 깨달음은 언어를 통한 시인의 작업을 통하
여 이제 곧 세상에 예술로 펼쳐지게 되는 것이다.

3. 변형의 미학과 자극을 통한 공감대의 형성

진화론의 선구자의 한사람인 영국의 의사이며 철학자인
다윈은(1731~1802)은 그의 저서 "종의 기원"에서 생물의
진화는 외계의 직접적인 영향에 의하여 변화하는 것이 아니
라 생물 내에 있는, 외계의 변화에 반응하는 힘에 의한다고
주장하고 있다.

무릇 무든 생명체는 한 개 모식에 오래 머물게 되면 그에
대한 진화내지 탈변을 꾀하게 마련이다. 만물의 영장으로
불리는 인간 역시 그 법칙에 순응하면서 낯선 것에 대한 집
착으로 거듭난다. 옆집 각시가 더 고와보이고 옆집 김치가

더 맛있어 보이는 이유가 바로 그런 것에서 비롯된 것이라 하겠다.

낯설게 하기 위함은 예술에로의 승화를 위한 지름길이다. 그렇게 하기 위해서는 변형이란 대명사를 언급하지 않을수 없다.

변형이란 모양이나 상태의 변모와 성질의 이변을 통 털어 이르는 대명사이다. 즉 변형과 변질의 대명사이다.

시 창작에서의 이미지변형은 언어의 낯선 조합으로 이루어지며 낯선 조합은 언어자체가 지니고 있는 언어 밖 기능에 대한 발굴에서 비롯된다.

언어 밖 기능에 대한 실현은 기성된 언어의 질서와 관습적 조합의 파괴와 해체적 작업으로 그 가능성이 부여된다.

하이퍼시 창시자인 한국 문덕수시인(1928~2020)의 "현실과 초월"의 핵심내용이거나 1924년 <초현실주의 선언>을 발표하여 초현실주의 운동을 주도한 프랑스의 시인(1896~1966) 앙드레 부르통의 자동기술법도 현실초탈의 낯선 경지를 구축하기 위함이라 해야 할 것이다.

이른바 파편문학, 해체문학의 양상으로 거듭나있는 일명 다다이즘과 포스터모더니즘 역시 현실초탈의 이념 하에 대두한 유파라고 해야 할 것이다.

파괴와 해체작업으로 기성된 룰을 깨버리고 그로부터 새로운 질서를 낯설게 재구성하는 구조적작업, 그러나 현실에 대한 파괴와 해체적사유가 아닌, 환각의 계시로 전달되는 영혼의 경지에 대한 재조합의 구조적작업이 기성의 초현실주의시와 구별되는 복합상징시의 주되는 특점이라고 역점 찍지 않을 수 없다.

이렇게 형성된 시인의 가상세계는 세상에 아름다운 자극을 펼쳐 보임으로써 공감대를 형성하며 나중엔 예술로 승화되는 것이다.

4. 언어조합에서의 류망(流氓)기법과 선율의 흐름

지난 세기 80년대 중국에서는 "감각에 따라 걸으라(跟著 感覺走)"라는 노래가 성행되었다. 감각이란 영혼의 느낌 즉 영혼의 감각에 따른다는 말이다.

인간은 무슨 일을 할 때 감각에 따를 때가 많다. 내가 무엇을 꼭 하겠다는 인위적인 경우를 벗어나 그냥 감각에 따라 일을 행할 때가 많다.

허다한 창조는 인위적인 것이 아닌 감각에 따른 우연한 행위에서 비롯된다.

중국 진나라 때 도사들이 진시황의 장생불사약을 만드는 과정에 우연히 화약이 발명되듯이, 미국의 발명왕 에디슨(1847~1931)도 우연 속에서 수많은 것들을 발명해냈던 것이다. 인간이 미리 알고 행하는 것은 결코 발명창조가 아니다.

예술로서의 시 창작은 언어의 기능을 발굴하여 새로운 화자의 경지를 창조해내는 것이다. 거기에 창작의 의미가 깃들어 있는 것이다.

언어의 기능을 어떻게 발굴할 것인가. 그것은 언어들의 자유로운 조합을 통한 거듭되는 구조적작업을 거쳐 새로운 경지가 서서히 모습을 드러내게 된다.

프랑스 철학자 질 들뢰즈(1925~1995), 피에르 펠릭스 가타리(1930~1992)가 「천개의 고원」에서 수목 이분법으로 주장하는 이즘의 원칙은 세상만물의 존재형태에 대한 양상의 발로이기도 하다.

인간이 사용하고 있는 언어 역시 독립적인 글자와 단어들의 상태로 그 존재를 드러내고 있는데 이러한 글자와 단어들은 자유로운 조화를 이루는 속성을 지니고 있는바 그것들의 조합은 영혼의 계시에 따라 수천만 개의 이미지로 변형의 마술을 일으키게 된다.

독일 출신 유대계스위스-미국 국적의 물리학자 아인슈타인(1879-1955)의 상대론에 따르면 양자역학에서 세상만물은 상태의 각이한 변화에 따라 그에 따르는 내함과 뜻이 절로 흘러나온다고 하였다.

복합상징시에서는 인간의 인위적인 의도나 행위를 벗어나 언어들의 자유로운 조화를 실행해 가는데 이것을 유망(流氓)기법이라고 한다. 유망기법은 마음이 가는대로 해야 한다. 마음은 곧 영혼의 계시에 따라 생성되므로 시는 시인이 쓰는 것이 아니라 영혼의 계시를 받아적는 것이라고도 할 수 있다. 환각으로 떠오르는 이미지의 조화로운 조합 역시 영혼의 계시에 따라야 함은 더욱 자명한 이치이다. 그렇게 구성된 이미지가 세상에 일으키는 공감대는 화자의 영혼경지 질량의 차원과 직접 정비례 된다.

언어의 자유로운 조합이라 하여 아무렇게나 마구 갖다 붙여서는 안 된다. 예술로서의 시는 지구에 거주하는 인간에게 보여주는 것이기에 인간이란 인지능력의 한계를 벗어나서는 안 된다. 인간은 잠자리처럼 눈이 수백쌍이 있는 것도 아니고 한 쌍의 눈만 가지고 있기에 세상을 바라보는 데엔 물리적 한계를 가지고 있다. 그러므로 인지가능의 범주에서 적당히 고려하여 화자만의 영적경지를 펼쳐보여야 한다.

여기엔 언어조합으로 이루어지는 선율의 흐름을 짚고 넘

어가지 않을 수 없다.

선율의 흐름은 문맥과 리듬의 흐름을 토대로 전반 시작품에서 내재적으로 흐르는 음악의 효과를 뜻한다. 자유로운 언어조합과 이미지조합에서 흘러나오는 뉘앙스의 흐름새가 유연하고 아름다워야 한다. 이른 아침 새들의 지저귐이 듣기 좋은 것은 그 선율의 흐름새가 유연하고 자연스럽기 때문이다.

5. 복합상징시의 전망

시의 개념정립은 시초부터 지역마다 각이하지만 대체로 화자의 정서를 언어의 수단을 빌어 형상적으로 보여주는 예술이라는데 초점이 모아지고 있다. 따라서 시의 유파도 각이한 시대를 거치면서 수없이 생성되기를 거듭해왔는데 크게는 리얼리즘계열과 상징주의 계열로 나뉘어져있다.

초현실주의 상징주의계열로서의 복합상징시는 포스터모더니즘의 후속작업으로서 현실에서 탈피하여 가상세계에서의 환각으로 흐르는 신질서를 찾아 그것을 다시 변형이미지로 낯설면서도 아름답게 펼쳐 보이는 신형 유파의 미래지향적인 신체시라고 말할 수 있다.

복합상징시는 중국 연변에 거주하는 김현순 시인에 의하여 새롭게 창시된 것인데 초기의 일부 작품은 쓰레기로 세상에 낙인찍혀있다. 오늘날 한국 각 서점가에서 발행되고 있는 「복합상징시기획시리즈시집」, 「김현순의 복합상징시집」 및 함께 탐구로 거듭나는 복합상징시동인들의 작품들이 더러 쓰레기로 전락된 것도 지극히 자연스러운 일이라 해야겠다.

성경에 "내 오늘은 비록 미비하지만 내일은 심히 창대하리라."라는 말이 있듯이 복합상징시 역시 탐구와 노력의 진통과정을 거쳐 점차 완미한 유파의 신형 시로 자리매김 하게 될 것이라는 기대를 가져보는 바이다.

멀지 않은 장래에 복합상징시가 한반도를 중심으로 전 세계에 널리 파급되리라는 신념 하나만으로 복합상징시 탐구는 오늘도 다가오는 내일을 숨 쉬고 있다.

영시(零時)의 키보드

초판인쇄 2023년 10월 11일
초판발행 2023년 10월 11일

지은 이 김현순(金賢舜)
펴낸 이 채종준
펴낸 곳 한국학술정보(주)
주   소 경기도 파주시 회동길 230(문발동)
전   화 031) 908 3181(대표)
팩   스 031) 908-3189
홈페이지 http://ebook.kstudy.com
전자우편 출판사업부 publish@kstudy.com
등록 제일산－115호(2000. 6. 19)

ISBN 979-11-6983-709-5 03820

이 책은 한국학술정보(주)와 저작자의 지적 재산으로서 무단 전재와 복제를 금합니다.
책에 대한 더 나은 생각, 끊임없는 고민, 독자를 생각하는 마음으로 보다 좋은 책을 만들어갑니다.